講談社X文庫

⑯《シツクスティーン》 恋愛革命

SPRING

小林深雪

TEEN'S HEART

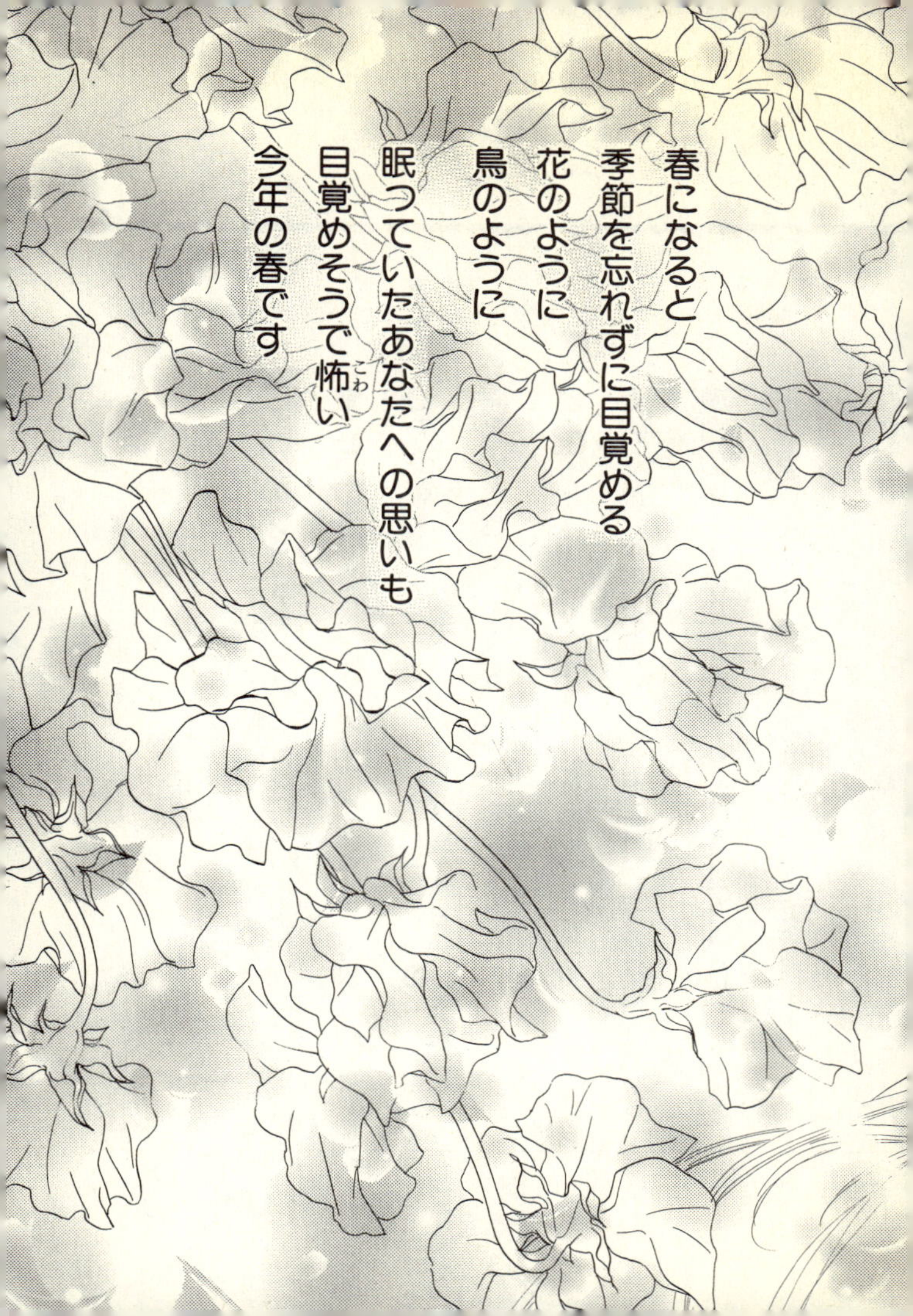
春になると
季節を忘れずに目覚める
花のように
鳥のように
眠っていたあなたへの思いも
目覚めそうで怖《こわ》い
今年の春です

⑯恋愛革命

CONTENTS

SPRING

イラストレーション／牧村《まきむら》久実《くみ》

⑯《シックスティーン》恋愛革命《れんあいかくめい》 SPRING

ピンクのスイートピー

「果保《かほ》！　起きろっ。起きろってばっ！　遅刻だぞ」


「えっ」

がばっ。

あたし、飛び起きる。

枕元《まくらもと》の目覚まし時計を見る。

「やだっ。もう8時！　遅刻ッ！」

慌《あわ》てて、ベッドから飛び起きる。

「うぎゃっ」

でも、シーツに脚《あし》を引っかけて、そのまま、前につんのめる。

どん！

あたしを受け止めてくれた、その人は……。
「リヒト!? なんでここに?」
見上げると、リヒトの顔。
あたし、寝ぼけてる?
ううん。
これは、本物。
有末理人《ありすえりひと》。
ひとつ年下の中3。
親同士が親友で、弟みたいな存在。
だったんだけど、ね。
なぜか、去年の終わりから、つきあってるんだ。
そう。
あたしの彼……。
って、なんか、まだ、慣れてないけど。
でも、なんで、こんな朝っぱらからリヒトがうちにいるのよ?
「リヒト?」

「果保。胸、見える」

「ぎゃあああ。バカッ。ヘンタイッ」

あたし、慌《あわ》てて、パジャマの胸、両手で、かきあわせた。

「まあ、隠《かく》すような胸でもないじゃん」

「ひっどーいっ」

どうせ、あたしは、胸がないよっ。

くやしーっ。

手が塞《ふさ》がってるから、リヒトの足、蹴飛《けと》ばしちゃった。

「いてっ」

「だって、リヒト、やらしーよっ」

慌てて、リヒトに背中向ける。

あたし、寝相《ねぞう》が悪いんだよね。

うっ。

パジャマの第1ボタン、はずれてた。

留め直さなくちゃ。

ちらっ。

机の上にある鏡で顔をチェック。
ひえーっ。
寝癖《ねぐせ》で、頭、ぐしゃぐしゃ。
目も腫《は》れてる。
うわー。
寝起きのひどい顔。
サイアク。
でも、なんで、こんな時間に、リヒトが、うちにいるのよ。
勝手に人の部屋に入ってきてるのよ。
いくら、うちの両親と仲良しだからって。
ひどいっ。
「勝手に女の子の部屋に入ってこないでよ」
「いいじゃん。オレたち、つきあってんだし」
「親しき仲にも礼儀《れいぎ》ありって言うで」
しょ……と言おうとして。
！

あたし、気がついた。

壁《かべ》のカレンダー。

今日は、3月17日。

その上には、赤いアルファベットで、燦然《さんぜん》と輝く、SUNDAYの字。

なによっ。

「今日、日曜日じゃないっ」

学校、休みじゃない。

慌《あわ》てて起きてソンした。

「なにが、遅刻よ」

あああ。

寝ぼけてたとは、いえ。

「やられたっ」

くっそー。

リヒトのヤツ〜っ。

「へへへ。ひっかかったぁ」

リヒトが、嬉《うれ》しそうに笑う。

！

「ガキッ！」

ほんと、ムカつく。

黙《だま》ってると、あたしより大人びてるくせに。

こういうときのリヒトって、ほんとに子供みたい。

これだから、年下ってヤだよ。

「へへーんだ。そのガキにだまされてんのっ」

「中学生ってほんと子供でイヤ」

「ふん。中学も、卒業だよ。もう、中学生じゃないって」

「でも、まだ中学生でしょっ」

あたし、ムキになって言い返す。

「ムキになるなよ。おまえのが、よっぽど、ガキじゃん」

「おまえって呼ばないでよっ」

「とにかく！　4月からは、果保と同じ高校生なんだからなっ。もう、人のこと、年下とか、ガキとか、バカにすんなよ」

「へへーんだっ。どーせ、あと2年したら、あたしが先に大学生になるんだからね。そしたら、今度は高校生〜って、ばかにしてやる」

「へえっ。果保の成績で、現役《げんえき》で大学進学できると思ってんのかよ?」

「え?」

「1年浪人《ろうにん》したら、どうせ、同級生なんだからな。あんまり、イバるなよっ。あとで、恥《はじ》かくことになるぞ」

「もうっ。憎《にく》らしーっ」

あたしが、リヒトにつかみかかろうと、手をあげると、

「果保。今度は、ハラ見える」

だって。

「げっ」

あたし、慌《あわ》てて、おなかを押さえる。

と、

「うそでしたーっ」

リヒトのヤツ、ゲラゲラ笑ってんのっ。

「もうっ。なんなのよっ」

あーもう。

朝から、どっと疲《つか》れるなぁ。

「あたし……まだ、寝る。日曜だもん」

「だめだめ。ほらっ。早く、支度《したく》して」

「えっ？　支度？」

「ソックスの散歩の途中《とちゅう》で寄ったんだ。果保も、早く顔洗って、一緒《いっしょ》に行こ」

ソックスっていうのは、リヒトの飼ってる犬なんだ。

ウェルシュ・コーギーっていう種類の。

知ってる？

胴長《どうなが》で短足の可愛《かわい》いヤツ。

耳がでっかくって。

「それにしても、寝起きの果保ってひでー顔だなーっ」

「もう、やめてよ」

「寝てるときも、よだれたらして、くかーってイビキかいてんだもんな。色気ゼロ」

「黙《だま》りなさいってばっ」

あたしは、リヒトのほっぺた、引っ張る。

「いでででで」

そしたら、今度は、リヒトがあたしのほっぺたを引っ張り返す。
「いだだだ」

もう！
リヒトと一緒《いっしょ》にいると、いつもこうだ。
言いたいことポンポン、言いあう。
いつも、うぎゃうぎゃ、やりあっちゃう。
なんでかな。
翼《つばさ》くんのときとは、ずいぶん違うなぁ。
翼くんっていうのは、中学のときに、つきあってた男の子。
大石《おおいし》翼くん。
その翼くんは、今どきめずらしい品行方正な優等生で、真面目《まじめ》なお坊ちゃん。
いつも、とっても優しかった。
あたしのことも、いつも褒《ほ》めてくれた。
女の子扱《あつか》いしてくれた。
あれはあれで、とっても居心地《いごこち》よかったな。

翼くんは、顔も、アイドル系の甘いフェイスで。
典型的な「いいこ」だったたな。
ところがね。
リヒトは、このとおり口が悪いでしょ？
翼くんとは正反対。
とっても品行方正とはいえない。
顔は整ってて、少し神経質そうな美少年って感じだけど。
なに考えてるのか、よくわかんない。
ポーカーフェイスだし。
口は悪いし。
あたしのこと、からかうのが大好きだし。
子供みたいなときと、大人っぽいときの落差が激《はげ》しい。
でも、ほんとは、寂《さび》しがりやなこと。
あたしは知ってるけどね。
一昨年《おととし》、リヒトは家出をしたんだ。
原因は、リヒトの両親の離婚騒ぎ。

反抗期《はんこうき》。
でもあったんだろうな。
もちろん、家出っていったって、家出先は、中学のサッカー部の部室だったんだけど。
真っ暗な部室で、ヒザを抱《かか》えて泣いてたリヒト。
あの顔が、忘れられない。

「果保」
リヒトに背を向けて、考えごとしてたら。
ぎゅっ。
今度は、うしろから、抱きしめられた。
！
ドキッとする。
うしろから回されたリヒトの手には……。
え？
ミニブーケ。
淡《あわ》いピンク色のスイートピーの花束。

まるで、マジックみたい。

「え？　これ……」

「果保にやる」

突然《とつぜん》のプレゼント。

ふんわりと可憐《かれん》な甘い香り。

3月。

窓の外は、晴天。

今。

突然。

心にも春風が舞《ま》った気がする。

背中にリヒトの心臓の音を感じて。

急にハートが甘い音をたてる。


「これ。どうしたの？」

「うちのベランダに咲いてたヤツ」

「え？　採ってきちゃったの？」

「うん。こういうの、果保が好きそうかなーって」

慌《あわ》てて、顔だけ振り向くと。

リヒトが微笑《ほほえ》んでた。

「……ありがと」

リヒトがにっこり笑う。

いつも意地悪なくせに。

こんなふうに、突然《とつぜん》、優しいなんて。

ドキドキしちゃうよ。

「可愛《かわい》いね。スイートピー」

「へえ。これが、スイートピーなんだ」

あたし、リヒトの胸に寄りかかりながら言う。

「知らないでくれたの？」

「うん。花の名前ってよくわかんないんだ。でも、花の名前を知ってる女の子っていいよな」

「ほんと？　少しは尊敬した？」

「したした」

「2回言うと、ウソっぽいっ」

「したしたした」

「3回言うと、別の意味に聞こえる〜」

あたし、笑いだしていた。

リヒトといると楽しい。

「んじゃ、下で、待ってるな。早く着替《きか》えろよっ」

リヒト、そう言うと。

さっと部屋を出て、足早に階段を下りていく。


手の中のピンクのスイートピー。

春の宝石みたいだね。

なんだか。

こういうプレゼントっていいな。

甘い香りを胸に吸い込む。

誕生日とかクリスマスとか特別な日だけじゃなく。

こんなふうに。

ほらね。
なんでもないときの贈り物っていうのも。
嬉《うれ》しいよね。
そう。
女の子は、こんなふうに、いつもそばにいて。
優しい言葉をかけてくれる男の子を求めてる。
女の子をひとりぼっちにして。
勝手に遠くに行ってしまうような男の子じゃなく。
そう、翼くんは……。
あたしを置いて、イギリスに行ってしまった。

そのとき。
あたしは、ハッとする。
机の上。
もしかして。
置きっぱなしにしてた翼くんからのハガキ。

リヒトに見られちゃった⁉
昨夜《ゆうべ》、見たまま、そのまま、机に置きっぱなし！
あたし、慌《あわ》てて、机の上のハガキを手に取る。
机の奥にしまっては。
何度も何度も取り出した。
イギリスからのハガキ。
何度も見たから、角が擦《す》り切《き》れて、丸くなってる。
突然《とつぜん》、ひとりで、外国に行ってしまった翼くんからのポストカード。

果保
遅れたけど、16歳の誕生日おめでとう。
この春、日本に一時帰国することになりました。

ハガキに書かれた翼くんの文字。
なんとなく、もらったこと、リヒトに言えなくて。
秘密にしてた翼くんのハガキ。

もしかして。
リヒト、気がついた?
うしろめたくて、胸がチクチクする。
気がついていないといいけど……。
翼くんが、イギリスに行って、ちょうど、半年。
苦しくて、寂《さび》しくて、せつなくて。
毎晩のように、泣いた。
でも、時間って便利だね。
時の流れは、いろんな感情も一緒《いっしょ》に洗い流してくれた。
翼くんを恨《うら》んだこともあったけど。
今あるのは、せつないなつかしさと、かすかな痛みだけ。
そう。
リヒトのおかげで。
あたし、やっと前を向いて歩けるようになった。
元気になった。
だから、もう、翼くんのことで、心を乱したくない。

翼くんが、帰ってきても。
笑って話せる友達になりたい。
そう。
なれるよね。
あたしの隣《となり》には、リヒトがいる。
今、あたし。
リヒトのこと、好きだよ……。
そう思いながら。
そっと、スイートピーのブーケを抱きしめる。
あたしとリヒト、つきあいだして初めての春がやってきた。
滑《すべ》り出《だ》しは、こんなふうに順調だった。

でも、翼くんは、日本に戻《もど》ってきた。
そして、春の嵐のように、
あたしとリヒトを巻き込んでいったんだ――。

あたし、広岡《ひろおか》果保。
春から高校2年生。
16歳になったばかりです。

旅立ちの春

「卒業証書授与《じゅよ》」

講堂から、拍手《はくしゅ》の音が響《ひび》いてる。
聞こえてくる、なつかしい校歌。

あたしは、息を切らして、中学校の門を駆《か》け抜《ぬ》ける。
「よかった。間に合った！」
今日は、リヒトの卒業式。
高校の授業を早退して、駆けつけた。
この前のスイートピーのお礼。
卒業式が終わるのと同時に。

いちばんに、お祝いを言いたい！
中学の制服姿のリヒトに。
それに、ひさしぶりに、サッカー部の後輩《こうはい》たちにも会いたかった。
マネージャーのヒナタちゃんも、今年で最上級生。
高校受験の1年が始まる。
去年の今頃《いまごろ》、あたしもこの中学を卒業したんだ。
たった1年前のことなのに。
ずいぶん、昔の気がするよ。
誰《だれ》もいないグラウンド。
なつかしさに、きゅんと胸が詰《つ》まる。
たった1年しかたっていないのに。
あたしと翼《つばさ》くんは、離れ離れ。
翼くんのいない生活にも、慣れた。
1年前の卒業式のときは。
1年後に、リヒトとつきあってるなんて、想像もしなかった。
ほんとうに不思議《ふしぎ》。

なんだか、夢を見てるみたいだよ。
去年まで、あたしたちの教室は、あの3階の角だった。
すぐ隣《となり》が、翼くんと一緒《いっしょ》に受験勉強した図書室。
冬になると、ストーブがカチカチと音をたてて。
窓辺《まどべ》のもみの木に雪が積もったね。
手が冷えると、翼くんが両手で握《にぎ》ってあたためてくれた。
いろんな場面が次々に浮《う》かんでくるよ。
翼くん――。
思い出が押し寄せてくる。
なつかしさに胸が潰《つぶ》れそう。

幼かったけど。
あたしは、ほんとうに翼くんが大好きで。
一緒にいられると嬉《うれ》しくて。
楽しくて。
毎日が、きらきら、ダイヤモンドみたいに輝《かがや》いてた。

でも、高校が別々になったら。
翼くんは、簡単に、他の女の子に恋してしまった。
年上のキレイな人……。
その詩麻《しま》さんも、この春、湾岸《わんがん》高校を卒業した。
そして、4月からは大学に進学する。
かなり難関の国立大学に行くらしい。
翼くんは、イギリスから帰ってきたら。
詩麻さんとつきあうのかな。
あんなに大人っぽい美人に思われてるんだもん。
それは、男の子にとって、ステイタスだよね。
だから。
あたしと翼くんの恋は、終わってしまった。
あんなに仲良しだったのに。
今は、もう、ただの友達よりも、
遠い存在になっちゃったね。
なによりも、そのことが悲しい。

去年の卒業式は。
なんにも不安なんかなくて、しあわせだった。
翼くんとの恋は、ずっと続いていくものだと思ってた。
いつか、いつか。
翼くんと結婚するんだって。
あたし、本気で信じてたな。
翼くんを信じてたな。
ずっと一緒《いっしょ》だと思ってた。
永遠を信じてた。
大好きだった。
あのときの、あたしの気持ちは、ウソじゃなかった。
あの思いは、ほんとだった。
せつなさが胸を締《し》めつける。
でも、ほんとに楽しかったね。
翼くんは、たくさん、素敵《すてき》な思い出をくれたよね。
誰《だれ》とも交換したくない。

きらきらした思い出。
あたしは、そのことに感謝してる。
中学の制服の胸に抱《かか》えていた思い――。
それが、自分でいじらしくて。
思い出すと。
うるっ。
瞳《ひとみ》が熱くなってしまう。
やだ。
自分が卒業するわけじゃないのに。
卒業式って、それだけで感傷的になっちゃうね。
だめだめ。
自分に言いきかす。
リヒトの卒業式なのに。
翼くんのことで、泣いてるなんて。
いけないよ。

リヒト、あれで、ヤキモチ焼きなんだから。
去年の5月に、翼くんの浮気が発覚して。
辛《つら》い夏が過ぎて。
秋に別れて。
厳《きび》しい冬が過ぎて。
やっとあたたかな春がやってきた。
自分の人生なのに。
自分では、どうすることもできないことがある。
人生は、突然《とつぜん》、変わってしまうこともある。
そして、人と別れるときは、
出会う以上のエネルギーがいる。
あたしが失恋で学んだことは、そのこと。
そして――。
ほんとうに、自分でピリオドを打たなくちゃ。
さよなら。

翼くん。
さよなら。
楽しかったね。
中学時代。
翼くんと出会えてよかった。
今日を、最後にお別れだよ。
そして、あたしは、リヒトとつきあっていく。
辛《つら》い夜を抜けて。
長く暗いトンネルを抜けて。
あたし、やっと、そう思えるようになった。
リヒトがいたから、立ち直れた。
もう一度、笑えるようになった。
そんなリヒトを。
あたしは大切にしていくね。
だから、さよなら。
翼くん――。

さよなら。
中学時代のあたし――。
そう思ったとたんに。
万感《ばんかん》の思いが、胸に迫《せま》ってくる。

そのとき、だった。
講堂の扉《とびら》が開いた。
「わあっ」
歓声と拍手《はくしゅ》の中。
卒業生たちが、出てくる。
ちょうど、式が終わったところだ。

制服の波。
父兄たち。
グラウンドは記念撮影の生徒たちで溢《あふ》れてる。
リヒト……どこかな。

あたしが、背伸びしてキョロキョロしてると。

ポコン。

卒業証書の筒《つつ》で、頭を叩《たた》かれた。

はっとして、振り向くと。

リヒトが笑顔で立っていた。


「果保《かほ》っ。来てくれたんだっ」

「リヒト。卒業おめでとう」

「ありがとうっ」

リヒトが笑う。

「これで、もうすぐ、果保と同じ高校生だなっ」

「うん」

澄《す》んだ瞳《ひとみ》。

まっすぐに、あたしを見つめてる。

ありがとう。

好きだよ。

前よりずっと。

今のリヒトが好きだよ。

「そうだっ。これっ。卒業のお祝いっ」

あたし、赤いリボンの包み紙を渡《わた》す。

「ほんと？　いいの？　すっげー嬉《うれ》しー」

リヒト、手放しの喜びよう。

「開けていい？」

「もちろんっ」

リヒトが、リボンをほどく。

中から出てきたのは……。

「えっ？　なんだこれ？」

「ふふっ。カッコいいでしょー」

「なんだよ。これ、犬の首輪!?」

「オシャレでしょー。ソックスにっ」

「なんだよーっ。なんで、オレの卒業祝いが、ソックスの首輪なんだよーっ」

「あははは。ウケネライ」

「ひってー。いーよっ。これ、ソックスじゃなく、オレが愛用するからなっ」

「えっ？　首輪を？　あははは。でも、似合うかもよ」

「くっそー」

リヒトが、ふざけて、自分の首に真っ赤な首輪をしようとしてる。

あたし、爆笑。

そのとき。

「あーっ。果保さーん」

ヒナタちゃんが、こっちに走ってきた。

三井日向《みついひなた》ちゃん。

ヒナタちゃんも、サッカー部の後輩《こうはい》。

あたしが3年のときは、翼くんがキャプテンで、あたしがマネージャーをしてた。

そして、次の代では、リヒトがキャプテンで、ヒナタちゃんがマネージャーだったんだ。

美人でテキパキしていて、頭がよくて。

サッカーに、めちゃくちゃ詳《くわ》しいヒナタちゃん。

サッカー部にヒナタちゃんが入ってきたばっかりのとき。

そんなヒナタちゃんを見てると。

自分と比べて、あせっちゃった。

それに、ヒナタちゃんは、翼くんのことが好きで。

あたしたちの間には、いろいろ事件もあったけど。

今は、後輩《こうはい》っていうよりいい友達だよ。


「ヒナタちゃん。これで、最上級生だね。サッカー部のことよろしく頼むね」

「はいっ」

ヒナタちゃんが、頭を下げると、

「おーいっ。リヒトー」

「果保さーん」

サッカー部の連中が、どかどかと集まってきた。

「果保先輩。来てたんだっ」

なつかしい顔が並んでる。

「みんな、卒業おめでとう」

「うわーっ。ひさしぶりですっ」

「あとで、サッカー部で3年生のお別れ会やるんですよぉ。果保さんも来てくださいねっ」

「もちろん出席する！」

「あれ、翼先輩《せんぱい》は、一緒《いっしょ》じゃないんだ？」

柳沢《やなぎさわ》くんが、さりげなく聞いてくる。

「え」

胸がドキッとする。

「オレ、翼先輩と果保先輩のカップルに憧《あこが》れてたんですよっ」

「バカッ。翼先輩は、今、イギリスだろっ」

岡野《おかの》くんが笑顔で言う。

「あっ。そうか」

「バカ。柳沢、岡野。その話題はマズイって」

奈良橋《ならはし》くんがそう言って。

急に、その場がしいんとする。

イヤな沈黙《ちんもく》に。

ぎゅっと胃が縮む。

リヒトの前で翼くんの話。

してほしくないし。

それに、みんな、あたしたちのこと、まだ知らないんだ。

「へ？　なんで」

「ばかだなー。柳沢」

「いいって。奈良橋。気ぃつかうなよ」

リヒトが明るく言った。

「みんなに言っとくけど、果保と翼は別れたんだ。去年の夏」

「えええええ」

また、どよめきが起こる。

「なんでだよ」

「あんなに仲良しだったのに」

「それで、翼先輩《せんぱい》、イギリス留学したのかよ？」

「なんでまた……」

「だから一っ」

リヒトがズバリと言い放った。

「で、果保は、今、オレとつきあってるんだ」

「えええええ!!」

また、ざわめきが、1オクターブ高くなる。

「マジっ?」

「マジ」

「リヒト。冗談《じょうだん》よせって……だって」

「事実だよ」

「ほんとですか、果保さん?」

あたしは、観念してうなずく。

「ウッソー」

「マジかよ〜っ!」

「そんなのアリかよ〜っ」

みんなの悲鳴が、青い春の空にこだました。


「みんな、すっげー驚いてたな」

リヒトがすました顔で言う。

「そりゃあ、驚くよ」

あたしは、ちょっと落ち込む。

「みんな、どう思ったかな」

「なに、気にしてんだよ？」

「気にするよ。だって、翼くんと別れて、すぐにリヒトとつきあうなんて、なんだか、すごくいいかげんな女みたいじゃない」


あのあと、ヒナタちゃんが気をきかせてくれて。

みんなと別れて、あたしとリヒトだけ、別行動になった。

このあと、近くのパスタ屋さんで、サッカー部のお別れ会が開催《かいさい》される。

それまでのつかの間の時間、ふたりで、街を散歩した。

中学の制服姿のリヒトとは、今日で、お別れなんだな。

そう思って、制服姿を瞳《ひとみ》の印画紙に焼き付けるため。

街のショーウィンドウは、もう春のディスプレイ。

あたしとリヒトは、ウィンドウを覗《のぞ》き込《こ》む。

「あっ。あの時計、可愛《かわい》い〜」

「よしっ。進級祝いには、あれを……って、げっ。30万円!?」

「やったね。嬉《うれ》し〜い。ロレックスだよっ」

「……買えるかよ。んなもん……」

「うそうそ。また、ベランダのお花でいいよ」

「マジで？」

「うん。安上がりな彼女でしょ？」

「ほんとだな。でもさー。スイートピー、勝手に切ったから、あのあと、母親にすげえ怒られてさぁ」

「えっ？　そうなの？　美緒《みお》さんに、謝《あやま》らないといけないね」

あたしが、そう言った瞬間《しゅんかん》。

ふいに、背中ごしに、なにか、よく知っている気配がした。

あれ……？

なんだろ、この感じ。

そう思って振り向いて。

かたわらを通り過ぎた男の子の横顔に。
ハッと目を奪われた。

！

驚きのあまり、
トートバッグが手から滑《すべ》り落《お》ちる。

「果保？」
リヒトが不思議《ふしぎ》そうに、あたしの顔を覗《のぞ》き込《こ》む。

翼くん——！

そう。
あたしが、感じた気配は。
見たのは。
半年ぶりの翼くんだった——。

幻《まぼろし》の少年

「なに、落としてんだよ？」

リヒトが、かがんでトートバッグを拾ってくれる。

「果保《かほ》って、ほんとヌケてるよな」

なにも知らずに、リヒトが笑ってる。

心臓が早鐘《はやがね》みたいに鳴っている。

見間違い？

ううん。

確かに、あれは、翼《つばさ》くんだった。

振り向かなくても気配でわかるなんて……。

自分で自分にびっくりしてしまう。

もう帰ってきてるの？
心臓がざわざわする。
翼くんに会っても、平気なつもりだった。
心の準備をしてたつもりだった。
なのに。
あたし、こんなに動揺《どうよう》してる。
そんな自分に驚いてる。
だめじゃない。
果保。
あたしは、今、リヒトとつきあってるんだよ。
それに――。
あたしたちは、永遠に中学生ではいられない。
中学生の間だけ、見えていたものは――。
大人になったら、見えなくなってしまう。
もう、時間は過ぎて。
あたしも翼くんも、変わってしまった。

あの頃《ころ》のあたしたちには戻《もど》れない。

「あ。ありがと」

「なに、ぼうっとしてんだよ」

「あっ。ごめん」

「果保？」

あたし、慌《あわ》てて、リヒトの手からトートバッグを受け取る。

一瞬《いっしゅん》、目を離したすきに。

人波の中。

翼くんに似た男の子は消えてしまった。

あれは、ほんとうに翼くんなの？

それとも、ただのよく似た他人？

だって、帰ってきたら、連絡くらいくれるよね？

それとも——。

この胸騒ぎはなんだろう。

「果保？」

リヒトが、けげんそう。

「ご……ごめん」

あたし、必死で笑顔つくって、

「そろそろ、行こうかっ」

リヒトの制服の腕をつかんで、歩き始めた。

「このまま、ふたりで、どっか行っちゃう？」

あたし、いたずらっぽく聞いて、ごまかしちゃった。

「いいねー。すみれのお父さんの経営してるとこ行こうか？」

「バッ……バカッ」

あたし、真っ赤になる。

すみれちゃんのお父さんが経営してるのは……。

ラブホテルなんだ。

「だめだよ。リヒト、いちおう、キャプテンだし、出席しなくちゃ」

「果保。言ってることがめちゃくちゃ。いちおうってなんだよ。それ」

リヒトが笑う。

「オレ、歴代最高のキャプテンだと自負してんのに」

「どこが？」

「少なくとも、前のキャプテンより、いい男」

ぎくっ。

顔がひきつる。

リヒトの前のキャプテンは、翼くんだから。

声が震《ふる》える。

心を読まれてるみたいで、怖《こわ》い。

リヒトって、そういうとこある。

勘《かん》が鋭《するど》いっていうか……。

「なにマジになってんだよ」

リヒトが、ピンッと指であたしのおでこをはじく。

「いたっ」

「うそうそ。翼はオレよりカッコいいよ」

「はっ？」

あたし、リヒトの真意を測《はか》りかねて、顔を上げる。

「オレ、翼は、ほんと、いい男だと思うよ」

「リヒト……」

やだ。

なんで、急に、そんなこと言うの？

そんなふうに真面目《まじめ》な顔で言われたら。

なんて、答えていいのかわからないよ。

ふざけてよ。

おちゃらけてよ。

翼くんのことになると、瞳《ひとみ》が真面目になるのは。

リヒト、気にしてるからなんでしょ？

ふたりの間に、瞬間《しゅんかん》、緊迫《きんぱく》した空気が流れる。

「ああ、オレ、マジで翼にホレてるかも。翼とつきあいたーい」

リヒトがふざけて。

あたし、ほっとして、なぜだか泣きたくなる。

「バカ」

言いながら。

リヒトの腕、ぎゅっと握《にぎ》る。

「果保。オレに秘密つくるのナシな」

「え？」

「見ちゃった。翼からのハガキ。ゴメン」

「あ……」

「でも、ヘンに隠《かく》すと、オレ、勘《かん》ぐっちゃうぞ」

「ごめんね……そんなつもりじゃ」

「わかってるって」

リヒトが笑う。

やっぱり、見ちゃってたんだ。

ごめんね。

イヤな気がしたよね。

内緒《ないしょ》にして……。

翼くんと別れたばかりで、辛《つら》かった去年。

あたしは、リヒトのあったかさに救われた。

リヒトといると楽だった。

家族や女の子の友達は、心配して、同情してくれた。
でも、気をつかわれると、気分が重くて。
みんなに気をつかわせてる自分がイヤで。
優しくされると、申し訳なくて泣きたくなった。
でも、リヒトは、前と変わらずに接してくれた。
「ばーか」
って、あいかわらずの憎《にく》まれ口《ぐち》。
でも、その「ばーか」には、たくさんのあったかい思いが隠《かく》されてて。
あたしは嬉《うれ》しかった。
家族でも、女友達でもない。
その距離感が、すごく楽で。
居心地《いごこち》がよかった。

「リヒトとつきあうことにしたんだ」
あたしが報告すると、
「果保とリヒトくんなんて、意外な組み合わせ」

クラスメイトの花《はな》ちゃんは、驚いてたっけ。

「そりゃあ、リヒトくん、美形だけどさ。甘ったれの果保が年下とねぇ」

「年下なんて思ってないよ。あたしより、えらそうだもん」

「まあ、そうだね。でも、リヒトくんって、ちょっと変わってない？」

「うん。帰国子女だしね。翼くんみたいに、いわゆる、『いいこ』じゃないよね」

「なに考えてるかちょっとわかんないとこがある。そこが魅力《みりよく》なんだけど」

「そうだね。でも、あたしは、わかるよ」


リヒトは、子供時代をイギリスで過ごした。

だからかな。

周りのコたちとは、ちょっと違う。

すごく正直。

言いにくいことも、ズバズバ言う。

群れないで、ひとりで、ひょうひょうと生きてる。

パッと見、ハデなルックスだから。

一見、チャラチャラしてるように見えるけど。

これで、けっこうテレ屋。

恥《は》ずかしさのあまり、人をからかったり。

意地悪しちゃったりする。

うん。

リヒトのこと、ここまでわかってるのは。

たぶん。

この世にあたししか、いない。

そう自負してるよ。


「果保」

リヒトが、あたしの手をぎゅっと握《にぎ》る。

「なに考えてた？」

「リヒトのことだよ」

「ほんと？」

「うん」

「オレ、果保とさ」

「うん？」

「ずっと一緒《いっしょ》にいたい」

リヒトの気持ちが嬉《うれ》しくて。

あたしは、こっくりとうなずいた。


サッカー部のみんなには、おなじみのパスタ屋さん。

放課後、よくみんなで、来たっけ。

あたしとリヒトが、入り口でドアに手をかけようとしたとき。

「でも、ほんっと驚いたぜーっ」

「ああ。翼先輩《せんぱい》と果保さんのこと？」

「オレ、ショック〜」

「オレも。リヒトとつきあってんだろ？」

店の中から、サッカー部の後輩たちの声が聞こえてきた。

！

はっと体が硬《かた》くなる。

リヒトが、

(果保。おもしろいから、すこし、聞いてよう)

あたしの耳に小声で耳打ちする。

え……。

あたしの顔が強張《こわば》る。

あたし……。

悪口なんか、聞きたくないよ。

でも、その一方で、怖《こわ》いもの見たさに近い気持ちもあったのは、事実。

「あんなに仲良かったのになぁ。翼先輩《せんぱい》と果保さん」

「どっちかっていうと、翼先輩のほうが、果保さんにぞっこんだったよな」

「じゃあ、なに？　果保さんが、翼先輩をフって、リヒトに乗《の》り換《か》えたってわけ？」

「そうなんじゃないの？」

そんなハナシになっちゃってるの!?

違う。

そうじゃないのにっ。

「果保さんも、あんな顔してやるよなーっ」

「それで、翼先輩《せんぱい》、傷心でイギリス行っちゃったのか」

「でもさ、リヒトも、翼先輩の元彼女とよくヘーキでつきあえるよな。オレだったら絶対ヤダけどな。やっぱ、過去のこと気になるし」

「みんな。これ、見ろよっ。これ、正月に出たファッション雑誌。うちのねーちゃんのなんだけど、リヒトと果保さん、ふたりで出てんだぜ」

「えーっ？」

「見せろよ！」

「うわっ。『街で見かけた恋人たち』？」

「ひえーっ。ラブラブ」

『15《フイフティーン》マガジン』のことだ。

原宿《はらじゅく》、歩いてたら、いきなり編集さんに声をかけられて。

取材されたんだよね。

「ちょっと、やめなさいよっ！」

そのとき、ヒナタちゃんの大声が聞こえた。

「なんにも知らないくせにっ。これ以上、言ったら、怒るわよっ」

「ひえーっ。こえ～」

「な……なんだよ。ヒナタ」

「ちゃんと事実を言っとくけどね」

「事実？」

「翼先輩《せんぱい》が、高校で別の彼女をつくったの」

「マジかよ～っ」

「あの大石《おおいし》さんがー」

どよめきが起こる。

「あんな、いいとこのボンボンって感じの人が……浮気」

「そうよ。それで、果保さんは、いろいろ、大変だったの。そんな果保さんをリヒトくんが励《はげ》ましてたのよっ。それで、つきあうようになったの。だから、あんたたちが言うみたいに簡単なことじゃないのよっ」

ヒナタちゃんが叫《さけ》んだ。

「3人の人柄を、同じ部活で、いちばんよくわかってんのは、あんたたちでしょっ。だったら、理解してあげなさいよっ」

「ヒナタ……」

「部活の仲間として、あんたたち、サイテーだよ」

ヒナタちゃんの言葉が嬉《うれ》しくて。

聞いてるあたしの胸が、じんとくる。

「果保さんにも、みんな、ずいぶん面倒《めんどう》みてもらったくせに」

「うん。果保さん、オレがケガすると、いつも手当てしてくれた」

「オレもだ」

「いつも励《はげ》ましてくれたし」

「でしょ？　なのに、なによっ」

ヒナタちゃんが激してる。

「あの軽そうに見えるリヒトくんだって、根気よく、丁寧《ていねい》に下級生にサッカー教えてたの、みんな、知ってるでしょ？　キャプテンとして、1年間がんばってくれたじゃないっ」

「ヒナタ。悪かったよ。ごめん……」

「これ以上、悪口言ったら、あたし、許さないからねっ」


ありがとう。

ヒナタちゃん、ありがとう。

かばってくれるなんて、思ってもみなかった。

嬉《うれ》しい。

「へえ。ヒナタのヤツ。けっこういいとこあるじゃん」

リヒトが小声でつぶやく。

あたし、うなずく。

「果保。そろそろ入ろうか」

「そうだね」

「笑顔で。行こっ」

「うん」

そう言うと。

リヒトが、勢いよく、ばあん！

ドアを開けた。

「みんなーっ。おまたせーっ」

くったくない笑顔で、叫《さけ》んでる。

「リ……リヒト」

みんな、慌《あわ》ててるよ。

「おっ。いいもん見てるじゃないか」

『15《フィフティーン》マガジン』をリヒトが手に取る。

『街で見かけた恋人たち』特集。

「みんなに言っとくけど、オレが果保をくどいたんだからなっ。あいかわらず、仕事、早《は》えーだろ？」

リヒトが、雑誌で、柳沢《やなぎさわ》くんの頭を叩《たた》いた。

「いてっ」

「だから、言いたいことがあったら、オレに直接言えよ」

「聞いてたのかよ。リヒト、ごめん。オレ、悪気はなかったんだけど」

みんなが、しゅんとする。

「もう、いいじゃなーいっ。ね？　ね？」

あたし、必死で取りなす。

「さあ、キャプテンが来たところで、3年生のお別れ会始めよう」

ヒナタちゃんが、笑顔で仕切る。

「ささっ。果保さんは、ここ、あたしの隣《となり》に座《すわ》って」

ヒナタちゃんが、あたしをうながす。

「ありがとう」

「リヒトは、上座《かみざ》よ。こっちこっち」

「うん」

「さっ。みんな、乾杯《かんぱい》しよう。グラス回して〜」

ヒナタちゃんが、ジンジャーエールを、みんなのグラスに注いでいく。

「果保さんも、はいっ」

「うんっ」


しゅわしゅわ。

炭酸が白い泡《あわ》になってグラスに流れ込む。

グラスの底のほうで、小さな宝石の粒《つぶ》が散る。

ヒナタちゃんの気配りがあったかい。

マネージャーになりたての頃《ころ》は、キツイ女の子だって思ってたけど。

1年で、こんなに人間って、成長するんだな。

ほんと、たのもしいよ。

「じゃあ、キャプテンから、乾杯《かんぱい》の挨拶《あいさつ》をお願いします」

「おう」

リヒトが立ち上がる。

「いろいろあったけど、まあ、仲直りってことで」

みんなが、笑う。

「じゃ、みんな卒業おめでとう」

「おめでとう」

「かんぱーい」

カチン。

グラスがあわされる。

ガタン。

そのとき、だった。
ドアが開いて、声がした。
「遅れてごめん」
はっとして。
慌《あわ》てて、あたしは、声のほうを見る。
！
視界に飛び込んできたのは、ひとりの男の子……。

空耳じゃなかった。
見間違いじゃなかった。
見覚えのある姿。
なつかしい姿。
せつない思いが、あたしの胸をつらぬく。
本物だ。
今度は、ほんとだ。

夢じゃない。
幻《まぼろし》なんかじゃない。
それは、半年ぶりに見る。
翼くんだった——。

再会のとき

さっそうと歩いてくる翼《つばさ》くんに、つい、あたしは見とれてしまう。

アイドルのように甘い目鼻だちは、変わらないけど。

ひとり暮《ぐ》らしのせいか、なんだかキリッと大人っぽくなって。

以前より、ずっと凜々《りり》しくなった気がする。

「うおーっ。翼先輩《せんぱい》！」

「帰ってきてたんだっ！」

「マジかよ」

「おひさしぶりですっ」

みんなが、わあっと、立ち上がって。

翼くんに駆《か》け寄《よ》る。

「うわーっ。どうしてここがわかったんですか？」

柳沢《やなぎさわ》くんが、聞く。

「三井《みつい》が呼んでくれたんだ」

「え？　ヒナタが？」

ヒナタちゃん？

あたし、はっとする。

「なんだよ。ヒナタ、そんなこと一言も言ってなかったじゃん」

「へへへ。みんなのこと、びっくりさせようと思って」

「え？　ってことは、ヒナタにだけは、翼先輩《せんぱい》、帰国したこと、連絡してたってこと？」

「マジかよ。なんだよ。ヒナタと翼先輩あやしぃ〜」

「もしかして、つきあってんの？」

「ふふふ」

ヒナタちゃんが、テレくさそうに笑う。

頬《ほお》が赤くなってる。

え――？

どういうこと？

翼くんとヒナタちゃん。

そんなことになってたの？

じゃあ、詩麻《しま》さんは!?

「それより、みんな、卒業おめでとう」

翼くんが、いい笑顔になる。

「ありがとうございます！」

「でも、先輩《せんぱい》、なんか大人っぽくなったー」

「顔付きが違うもん。なんか、こう……男って感じ」

「イギリスで16歳の誕生日を迎えたよ」

「なんか、カッコいいなぁ」

みんなが騒いでる中、あたしはなにも言えずに黙《だま》ってた。

「翼ッ！」

リヒトが、翼くんにがばっと抱きつく。

「おいっ。帰ってきてたのかよ」

「リヒト。ひさしぶり」

「なんだよ。すぐに連絡しろよ」

リヒトが、翼くんの背中をバンバン叩《たた》く。

不思議《ふしぎ》だね。

いちおう、恋敵《こいがたき》？

だったくせに。

ふたりの間には、ちゃんと男の友情が育ってるんだ。

男の子って面白《おもしろ》いね。

「リヒト。ごめん、ごめん。ここ数日、時差ぼけでさ」

「なんだよ。オレにはハガキ一枚よこさないで」

「誰《だれ》にも出してないんだよ」

翼くんが、即答する。

「オレ、知ってるよ。たったひとり、出した人のこと」

リヒトがニヤリと笑う。

「！」

翼くんが、真顔になる。


え？

胸がドキッとした。

誰《だれ》にも出してないって。

じゃあ……。

ハガキもらったのは、あたしだけなの？


「そんなことより」

翼くんが、話題を変えた。

「でも、リヒトよかったな。髪、伸びて、元に戻《もど》ったな」

「ほんとだよ。翼との勝負に負けて、坊主《ぼうず》にしたんだもんな」

「あはは。また、やるか？」

「いいのかよ？　今度は、翼が坊主《ぼうず》だぞ」

「負けないさ。なんのために、イギリスまで行ったと思ってんだよ？」

「でも、オレ、天才キーパーだからさ」

「それより、リヒト。高校はどこに決まった？」

「湾岸《わんがん》高校だよ。ついに、翼の後輩《こうはい》だ」

「えっ。湾岸？　そっかー。がんばったな」

「おう」

「でも、後輩じゃないよ。オレ、休学中だから、復学したら、また1年からやり直さないといけないんだ」

「じゃ、同級生か」

「ああ。リヒトと一緒《いっしょ》だよ」


翼くん。

そう思った次の瞬間《しゅんかん》。

「果保《かほ》！」

翼くんが、あたしに気がついた。

こっちに歩いてくる。

普通でいられるよね。

そう思っていたのに。

翼くんと目があっただけで足がすくんだ。

大好きだった二重《ふたえ》のくりくりした瞳《ひとみ》。

あいかわらず、バンビに似てる。

半年ぶりに聞く声。

なにか言わなくちゃ。

でも、

「…………」

言葉にならない。

いつか、翼くんに再会するときは、ごく自然に対応しようと、ずっと心に誓《ちか》っていたのに。

指が震《ふる》える。

どうしよう。

声をかけたいけど。

なんて言ったらいいの？
リヒトもいるし。
ものすごく緊張《きんちょう》する。
あれから、約半年。
脈が速くなる。
いつもの元気な果保に戻《もど》らなくちゃ。
動揺《どうよう》していることを、リヒトに悟《さと》られたくない。

「元気そうだね」
「……翼くんも」
「ひさしぶり」

翼くんが目をしばたたかせてる。
なんだ。
動揺しているのは、自分だけじゃない。
そう気がついて、少しだけほっとする。

「果保も来てたんだ」

「うん……。イギリスはどうだった？」

「歴史のある国で、いいところだよ。でも、冬はものすごく寒い」

　翼くんも、やっと笑顔を見せてくれた。

　記憶《きおく》の中の笑顔より、ずっと鮮《あざ》やか。

　でも、見つめ合っているあたしと翼くんを見て。

　すぐに、リヒトが割り込んできた。

「で？　翼。どうなんだよ。向こうのサッカーは？」

「そうですよ。翼先輩《せんぱい》。いろいろ、聞かせて」

　ヒナタちゃんも、翼くんの腕を取る。

「翼先輩、向こうで、サッカーの試合、見たんでしょ？」

「うん」

「いいなぁ。生でベッカムとかオーエン、見てるんだーっ」

「うん」

「ね？　ね？　こっちに座《すわ》って」

ヒナタちゃんが、翼くんの腕を引っ張る。
翼くんが、あたしのほうをちらちら見ながらも、席につく。
ヒナタちゃん、嬉《うれ》しそう……。
そう。
ヒナタちゃんは、ずっと翼くんのことが好きなんだ──。
ずっと片思いしてたんだ。

それからは、みんな、イギリスのサッカーの話題で、盛り上がった。
翼くんも楽しそう。
あたしは、みんなから、少し離れた席に座《すわ》って。
ふうっと息を吐《は》き出《だ》す。
気持ちが大きく波うって、なかなか収まってくれないんだ。
一瞬《いっしゅん》、ほっとした。
そのとき。
バサッ。
誰《だれ》かが、さっきの雑誌を肘《ひじ》でつついて。

テーブルから、床に落ちた。

「あれ？　これ……」

翼くんが、拾う。

！

さっきの、あたしとリヒトが載《の》ってる……。

『15《フィフティーン》マガジン』

「ああ。それは、あの、先輩《せんぱい》……」

みんなが、慌《あわ》てて、雑誌を隠《かく》そうとしてる。

「なんだよ。見せろよ」

「でも、先輩」

「隠すことないだろ」

翼くんが、さっと雑誌を取り上げて。

「なにが載ってるんだよ？」

覗《のぞ》き込《こ》んだとたん。

！

びっくりしたように、顔を上げた。

「え……これ、リヒトと果保……」

「翼」

リヒトが、真剣な顔で言う。

「オレと果保。つきあうことになった」

！

「え──」

翼くんが、絶句したまま。

あたしのほうを見る。

「な？　果保」

リヒトがあたしに聞いてくる。

どくん。

心臓が大きく、高鳴る──。

翼くんとリヒトに見つめられて。

あたし、身動きできなくなる──。

「え……」

翼《つばさ》くんが、目を見開いた。
まじまじと雑誌のページを覗《のぞ》き込《こ》んでる。
『15《フィフティーン》 マガジン』
あたしがよく買ってた雑誌だって、翼くんも知ってるはず。
そして。
そこには、あたしとリヒトの写真。
『街で見かけた恋人たち』
の大きな見出し。

こんな形で、翼くんに知られたくなかった。
ちゃんと、自分の口から伝えたかった。
なんだか、隠《かく》していた犯罪が一気にバレてしまったような気持ち。
翼くんが、ゆっくりと顔を上げる。
そして、なにか言いたげな表情で、あたしのほうを見る。
まるで深い湖みたいな悲しげな瞳《ひとみ》。
たぶん、翼くんは、心のどこかで安心してたんだと思う。
あたしが、たった半年で他の誰《だれ》かとつきあうはずないって。
だから、きっと。
すごくショックだったと思う。
しいん。
その場が静まりかえる。
ズキッ……。
ハートの奥が痛む。
翼くん、どう思ったんだろう。
あたしのこと、すぐに違う男の子に乗《の》り換《か》える、いいかげんな女だって思った？

でも、別に。

いいじゃない。

翼くんに、なんて思われたって。

翼くんが、先に他に好きな女の子をつくったんじゃない。

だから、あたしが誰《だれ》とつきあおうが自由。

そうでしょ？

でも、あたし――。


「隠《かく》すことないじゃないか」

翼くんが笑顔になった。

「つきあってるんだ。果保《かほ》とリヒト」

「そうだよ！」

え？

リヒトが、答えて。

あたしの横まで歩いてくる。

ぐいっとあたしの肩を抱き寄せる。

　！

「オレたち、去年の暮れからつきあってるんだ」

　リヒト……。

「な？　果保？」

　リヒトが、聞いてくる。

「あ……」

　どうしよう。

　真剣《しんけん》な瞳《ひとみ》。

　もう、あたしは、うなずくしかない。

「そうか。なんだ。そういうことか」

　翼くんが、ぎごちなく笑う。

「うまくいってるんだ」

　そう言いながら、翼くんが目を伏《ふ》せる。

　あたしの大好きなバンビの瞳――。

　まつげが悲しげに、頰《ほお》に影を落とす。

　言葉でうそはつけても。

瞳《ひとみ》はうそをつけないね。

翼くん。
そんな顔しないで。
先に好きな人をつくったのは、翼くんなんだよ。
あたしの手を離して、イギリスに行ってしまったのは——。
翼くんなんだよ。
でも。
なのに。
どうして、あたし、こんなに悲しいんだろう。
離れて、半年たつのに。
リヒトが隣《となり》にいるのに。
どうして、泣きそうになるんだろう。
どうせ、誰《だれ》かが耳に入れること。
それが、今になっただけ。

あたしはリヒトとつきあってるんだし。

これで、ほんとうに。

あたしと翼くんの恋はおしまい。

ピリオドが打たれたってだけじゃない。

でも――。

そのとき。

静寂《せいじゃく》を破って、翼くんのケータイが鳴った。

「……ちょっと、ごめん」

翼くんが、みんなに背を向けて、ケータイをポケットから取り出す。

「もしもし？」

翼くん、ケータイで話しながら、店の隅《すみ》のほうへ行く。

しばらく話してから、翼くんが、こっちに戻《もど》ってきた。

「悪い。急用できちゃった」

「え？」

「ここで失礼するよ。ごめんな。じゃあ」

翼くんが、ダッフルコートをはおいながら、逃げるように店を出ていく。

え。

翼くん……。

そんな、突然《とつぜん》。

どうしたの？

誰《だれ》からのケータイだったの？

「翼先輩《せんぱい》。待って！」

あたしより先に。

翼くんを追って、ヒナタちゃんが駆《か》け寄《よ》る。

「三井《みつい》……」

翼くんが振り向く。

ヒナタちゃんが、翼くんの腕にすがりつく。

「どうしたんですか？　真っ青ですよ？」

「病院へ行く」

「じゃあ、結果が出たんですね？」

「うん。とにかく、オレ、行かないと」

「待って。あたしも一緒《いっしょ》に行きますっ」

え？

ヒナタちゃん？

どういうこと？

病院？

結果？

あたしは、ふたりから目が離せない。

いやな予感がひやりとした。

なに？

誰《だれ》か、入院してるの？

ヒナタちゃんにも関係があることなの？

それとも、翼くんの体になにかあったの⁉

「みんな、ごめん。あたしも急用。悪いけど翼先輩《せんぱい》と帰る」

「え？」

「なんだよ。ヒナタ」

「ちょっ……待てよ」

「じゃあっ」

みんなの声を振り切って。

翼くんとヒナタちゃんは、振り返らずに店を出ていってしまう。

突然《とつぜん》の展開に、みんなあっけにとられてる。


「な……なんだ？　どうしたんだ？」

「病院とか、結果とか言ってなかったか？」

「翼先輩《せんぱい》病気なのかよ？」

「で、誰《だれ》からのケータイだったんだ？」

「なんで、ヒナタとふたりで行くんだよ」

みんなのざわめきが耳に入ってくる。

でも、あたしの頭の奥は、しーんとしてる。

もしかして……。

翼くん……病気？

「果保」

リヒトが、あたしの肩に手を置く。

「翼とヒナタ……どうしちゃったんだ？」

あたしは、首を横に振る。

翼くんが日本に帰ってきたのは……。

体の具合が悪いからなの？

悪い予感がして、全身が震《ふる》える。

怖《こわ》いよ……。

でも、もし、翼くんが病気だったら――。

天使の羽

それから、数日後。
高校は春休みに入った。
翼《つばさ》くんは、あれから、どうしてるんだろう？
電話したいけど、する勇気がない。
でも、気になって仕方ない。
ヒナタちゃんに、電話して聞いてみようかな。
でも、翼くんのことを好きなヒナタちゃんは……。
あたしが、翼くんのことで電話したら、イヤな気がするかもしれない。
あーあ。
なんで、こんな面倒《めんどう》なことになっちゃったんだろう？
そして、なんで、翼くんのことばっかり、考えてるんだろう。

でも、もし翼くんが病気だったら……。
気分転換《てんかん》に。
散歩に出ることにした。
だって、すごく、いいお天気だし。
こんな気持ちのいい朝に、家でくすぶってるのはもったいない。
「行ってきまーす」
白いスニーカーをはいて、家を出る。
レンギョウの黄色い花が目に染《し》みる。
自分が通っていた小学校まで。
少し遠回りしてみよう。
ほら、なつかしい校庭が見えてきた。
水飲み場。花壇《かだん》。
あの鉄棒から、落ちたことがあったっけ。
ほんと、昔からあたし、トロかったよね。

「あ」
誰《だれ》かが、サッカーの練習をしてる。
ネット越し。
あたし、フェンスに手をかけた。
ぎゅっ。
おもわず、手に力が入る。
ひとりの男の子がシュートの練習をしてる。
グレイの上下のウォームアップス。
まるで、背中に翼が生えてるみたい。
その男の子は、鳥みたいに飛んで、ボールを蹴《け》る。
サッカーボールは、ゴールのネットに吸い込まれていく。
目頭《めがしら》が、ふいに熱くなる。
そう……。
あれ……。
翼くんだ――!
なんと、そこにいたのは、翼くんだった。

ああ、そうだ。
翼くん。
いつも、こんなふうに練習してたね。
中学校の放課後のグラウンド。
あたしは、いつも、翼くんに見とれていたっけ。
翼くんだなんて。
なんて、偶然《ぐうぜん》だろう。
心臓の鼓動《こどう》が速くなって。
あたしは何度か深呼吸する。
あたしの視線を感じたのか。
ふっと、翼くんが顔を上げて、こっちを見た。
「……果保《かほ》」
翼くんが、あたしの名前を呼ぶ。
びっくりした顔。
サッカーボールを抱《かか》えて、こっちに歩いてくる。
「果保」

「翼くん」

「散歩？」

「うん」

「なんだよ。偶然《ぐうぜん》だな」

「ほんとだね」

「ね？　果保。時間ある？」

「え？」

「なんか飲まない？　おごるよ」


「はい、紅茶」

翼くんが、缶紅茶を差し出してくれる。

「ありがと」

小学校の校庭のベンチに並んで座《すわ》る。

突然《とつぜん》の出来事に、心臓がついていかない。

あたしは、落ちつかない気分で缶を開ける。

翼くんは、スポーツドリンクを飲んでる。

「みんな、元気？」

翼くんが聞いてくる。

「うん。元気」

「美保《みほ》さんは、今年、大学4年でしょ？」

「うん」

美保さんっていうのは、うちの上のお姉ちゃんだ。

「就職どうするの？」

「大学院に行くみたい」

「そうか。天文学者になるんだもんな。で、真保《まほ》さんは？」

真保ちゃんは、下のお姉ちゃん。

「新婚でデレデレ。しあわせそうだよ」

「だろうな」

「翼くんこそ、イギリスはどうだったの？」

「半年たって、やっと生活に慣れたって感じかな」

「そう……」

「正直言うとさ」

「うん？」

「誰《だれ》も頼る人もいなくて大変だった」

「…………」

「英語も通じないし、習慣も違うし」

「翼くんが、泣き言を言うなんて、めずらしいね」

「果保だからだよ」

翼くんの言葉に。

ハートが、きゅっと締《し》めつけられた。

「正直、最初の1か月は、日本に帰りたくてたまらなかったよ。でも、周りの人にいろいろたすけられながら、サッカーをやっていくうちに、毎日が充実《じゅうじつ》してきて、自分にも自信がついてきて、楽しくなったんだ」

「じゃあ、英語もずいぶんうまくなった？」

「そうだね。ヒアリングは特に」

「すごーい」

外国で、たったひとり。

翼くんは、一生懸命《いっしょうけんめい》がんばったんだね。

それは、表情からもうかがえる。

なんだか、別人みたい。

凛々《りり》しく、たくましくなった。

「あ。そうだ。誕生日にハガキ、ありがとう」

「ちょっと遅れたけどね」

「あたしも、2月の誕生日にカードを出したかったんだけど」

「いいんだよ」

翼くんが、微笑《ほほえ》む。

「でも、ふたりとも、16歳だね」

「うん」

「果保なんか、もう、結婚できるんだよな」

「あ……そうか」

結婚。

その言葉に胸がきゅんとする。

あたしの誕生日は1月18日。

翼くんは2月14日のバレンタイン生まれ。

ふたりとも、16歳になったばかり……。

「初めて直接話したのは中1で、ふたりとも12歳だったのにな」

「もう4年になるんだね。翼くんもあたしも、まだ、ちっちゃかったよね」

「オレ、背、高くなったろ？ 膝《ひざ》なんか、ギシギシいって、まだ背がぐんぐん伸びてる」

「あたしは、そろそろ、成長止まっちゃったみたい」

「4月には、果保も高校2年か」

「うん」

「大学は、どうするの？ 2年になるとき、クラス替《が》えあるだろ？」

「いちおう、私大文系コースに希望を出したよ」

「果保は、料理がうまいから、栄養士とかもいいんじゃない？ フード・コーディネーターとか？」

「いいね。憧《あこが》れるけど。翼くんは、やっぱり、プロのサッカー選手？」

「うん。ワールドカップに出場するのが夢」

不思議《ふしぎ》。

なんだか、こんなふうに、普通に話してるのがうそみたい。

あんな悲しい出来事があったなんて、うそみたい。


「あの、翼くん」

「なに？」

「気になること、ひとつ聞いていい？」

「うん。いいよ」

「この前、お別れ会のとき、慌《あわ》てて帰ったでしょ？」

「なにがあったの？」

「…………」

翼くんが、押《お》し黙《だま》る。

あ……。

聞いちゃまずかったのかな。

きまり悪くなっていたら。

翼くんが、ようやく、口を開いた。

「実は、母親が入院してるんだ」

「え？」

「三井《みつい》病院に」

「あ、ヒナタちゃんの家……」

そう。

ヒナタちゃんの家は病院なんだ。

なるほど。

それで、ヒナタちゃん、知ってたんだ。

「お母さん、どこが悪いの？」

「ストレス性の十二指腸潰瘍《じゆうにしちようかいよう》だよ」

「え？　またなの？」

以前も、翼くんのお母さんは、潰瘍で入院してるんだ。

「息子がいなくなって、寂《さび》しかったらしい」

「………」

「それで、日本に帰ってきたんだよ」

「そうだったんだ」

「お見舞いと看病が目的」

「じゃあ、お母さんの具合がよくなったら、イギリスに戻《もど》るの？」

「……そうだね。ほんとは早く戻《もど》って、サッカーやりたいんだけどね」

「そう」

また、翼くん、イギリスに行っちゃうのか……。

なんだか、寂《さび》しいな。

「でも、お母さん、早くよくなるといいね」

「うん」

「翼くんの顔見たら、きっと、すぐ治っちゃうと思うけどね」

あたしは元気に言う。

翼くんが、ふっと微笑《ほほえ》む。

3月の光が、翼くんの上に降り注いで。

翼くんが、まるで天使みたいに見えた。

「果保は優しいな」

「え？」

「オレ、ひどいことしたのにさ」

「もう、いいよ」

「いや、よくない。ほんとにごめん」

「翼くん……」

「一度、果保に、ちゃんと謝《あやま》りたかった」

「……」

「これからは、いい友達になれるといいな」

「そうだね。これからは、いい友達になろうね」

あたしも、そう言って立ち上がる。

友達、か。

一抹《いちまつ》の寂《さび》しさが胸を過《よぎ》る。

もう、恋人には、戻《もど》れないってことだよね……。

だめ。

このままここにいたら……心が揺《ゆ》れてしまう。

翼くんに、ひかれてしまいそうで怖《こわ》い。

「じゃ、そろそろあたし、帰るね」

「うん」

「紅茶、ごちそうさま」

あたしは、自分から翼くんに背を向けて歩きだす。
もう、後戻《あともど》りはできない。
終わってしまったものは、終わってしまったもの。
思い出は思い出。
かきあつめたって、それは、幻《まぼろし》……。

これからは、いい友達になろう――。

それが、翼くんの答え。
そんなの、わかってたはずなのに。
春の日差しの中。
あたしの目頭《めがしら》が熱くなる。
透明な空気が胸に染《し》みてくる。
あたしの顔がゆがむ。
どうして？

どうして、こんなに悲しいの？

そのとき、

「果保さん」

あたしを呼ぶ声がした。

振り向くと、そこには、ヒナタちゃんが、立っていた。

「ヒナタちゃん……？」

運命の糸

「ヒナタちゃん？」

「やだ。あたし、見ちゃった」

「見ちゃった？」

「今、小学校の校庭で翼先輩《つばさせんぱい》と一緒《いっしょ》にいましたよね？」

「え」

「偶然《ぐうぜん》、通りかかったの。そしたら、ふたりが楽しそうに笑ってて」

「やだ。なら、声、かけてくれればいいのに」

「あたし、変なんです。ふたりに気がついて、慌《あわ》てて隠《かく》れちゃった」

「どうして？」

「だって、すごくいい雰囲気《ふんいき》だったから」

「………」

「あ、やっぱり、あたしじゃ、だめだって」

「だめなんて……」

「やっぱり、ふたりはお似合いだなって」

「ヒナタちゃん」

「だって、翼先輩《せんぱい》、あたしには、あんなふうに笑ってくれない」

そう言うと。

ヒナタちゃんが、まっすぐにあたしを見る。

心臓がどくどくと高鳴る。

「ヒナタちゃん、翼くんとは……」

「なんにもありません」

「え？」

「でも、あたし、まだ翼先輩のこと好きなんです」

「……うん」

「でも、あたしじゃだめなんです。今の翼先輩を支えてあげられるの……果保《かほ》さんだけなんです」

「それどういうこと？」

胸がドキッとした。

　いやな予感が胸をかすめる。

「どうして、翼先輩《せんぱい》が、日本に帰ってきたのか、知ってますか？」

「お母さんのお見舞いでしょう？」

「病名は知ってますか？」

「十二指腸潰瘍《じゅうにしちょうかいよう》」

「違うんです」

　ヒナタちゃんが首を振る。

「違う？」

「この前、翼先輩とあたし、帰りましたよね？　あの日、精密検査の結果が出たんです。そしたら、レントゲンで影が見つかって」

「影？」

「翼先輩のお母さん。胃癌《いがん》……なんです」

「癌……」

「それも、進行の進んでる……」

「ウソ……」

ショックだった。

翼くんのお母さんが？

癌《がん》？

あたしの膝《ひざ》が、がくがくする。

「あの日、翼先輩《せんぱい》、あたしに言ったんです。『オレ、今まで、ずっと母親の干渉《かんしょう》がうっとうしかった。だから、イギリスに行って、母親と離れられて、せいせいしてた。でも、こうなってみて思うのは、どうしても、母親に元気で生きていてほしいってことだけだ。そのためだったらなんでもする。サッカーだって、あきらめてもいい』って」

「そんな……」

「翼先輩。涙ぐんでました。こんな……こんなことって」

ヒナタちゃんが、わっと泣きだした。

「お願いです。果保さん、翼先輩をたすけてあげて」

「ヒナタちゃん」

翼くんのお母さんには、ひどいことも言われた。

あたしは、ずいぶん嫌われていた。

翼くんとの交際も反対された。

でも……でも……。

癌《がん》だなんて。

そんな残酷《ざんこく》なこと。

あたし、想像したくない。

なんだか、怖《こわ》いよ。

「ヒナタちゃん。あたし、なにができるかわからないけど……。でも、できる限りのことはするから」

「お願いします」

「でも、じゃあ、翼くん、イギリスには当分、戻《もど》れない……」

「はい。お父さんは仕事があるし。『3人家族だから、オレが病院に通って、面倒《めんどう》見てやるしかない』って、翼先輩《せんぱい》、言ってました」

「せっかくサッカー留学したのに」

「翼先輩、あたしに言ってました。『バチがあたったんだ。果保のこと、あんなに泣かせたから』って」

「そんな……」

「翼先輩。果保さんとリヒトくんのこと知ってから、ヘンなんです」

「ヘン？」

「あれから、どこかうわの空で」

「ヒナタちゃん」

「そうとうショックだったんだと思います」

「翼くんが……」

「まだ、きっと。果保さんのこと、好きなんです」

「そんな」

「だから、翼先輩《せんぱい》に会いに行ってあげてください」

「………」

「あたしからもお願いします」

ヒナタちゃんが、そう言って。

あたしに頭を下げた――。


そんな……。

お見舞い

「翼《つばさ》くん」

それから、数日後。
ひとりで、三井《みつい》病院を訪《たず》ねた。
リヒト抜きで会うことに、少しためらいはあったけれど。
一度、ふたりっきりでちゃんと話したかった。
ナースステーションで、翼くんのお母さんの病室を聞く。
エレベーターで上がっていく。
すると、病室の前。
廊下《ろうか》の長椅子《ながいす》に翼くんが、座《すわ》っていた。
薄暗い病院の廊下。

その下でも、はっきりわかるほど、翼くんの顔色は悪かった。

憔悴《しょうすい》しきった顔。

「果保《かほ》……」

翼くんが、驚いてる。

「あの。これ」

あたしは、メロンの箱を渡《わた》す。

「お母さんに」

「ありがとう。喜ぶよ」

「広岡《ひろおか》家一同から」

「悪いな。気をつかってもらっちゃって」

「ううん。お母さんには、あたしも、お世話になったし」

「お世話じゃなくて意地悪だろ?」

「そんなことないよ」

「果保は、優しいな」

「あの……お母さんは?」

「今、寝たところなんだ」

「具合はどう？」

「うん。元気だよ」

「そう。よかった」

「今のところはね……」

翼くんの顔が曇《くも》る。

「あの。これ、食べて」

「え？」

「翼くん、まともな食事もしてないんでしょ？　あたし、つくったの。これ、よかったら。お父さんのぶんもあるから」

「え？　お弁当？」

「うん」

「うわーっ。すっげえ嬉《うれ》しい」

「よかった」

「でも、食中毒は困るな。オレのこと看病《かんびょう》してくれる人はいないんだから」

「もうっ。大丈夫《だいじょうぶ》だよっ」

あたし、笑って。

やっと、翼くんも、笑顔になる。

なんだか、一瞬《いっしゅん》。

昔に戻《もど》った気がした。

翼くんとこんなふうに笑いあってると。

去年の出来事全部が、夢の中のことみたいだ……。

翼くんといると、時間が後戻りする。

忘れてた思いが、気持ちが。

胸に溢《あふ》れてくる。

あたしたち……。

どうして、別れちゃったの？


「ああ。すごいな。うまそう」

お弁当箱の蓋《ふた》を開けて、翼くんが歓声をあげる。

「翼くん、食事とかどうしてるの？」

「コンビニとか。テキトー」

「お父さんは？」

「仕事が遅いから。ほとんど、オレひとり」

「そう」

「でも、感激だな。イギリスで、ずっと日本食が恋しくってさ」

「ほんと？」

「うん。よく、おにぎりの夢みたよ」

「じゃあ、どうぞ食べて」

「うん」

翼くんが、卵焼きをぱくり。

「うまいっ！」

「よかった」

「果保の料理は最高」

言ったとたん。

「！」

翼くんの手元から、カラン、お箸《はし》が落ちた。

「ごめん……。今、ちょっとくらっときて」

「翼くん！」

倒れそうになった翼くんを、あたし、抱き留める。

「大丈夫《だいじょうぶ》!?」

「軽い貧血だよ。ここんとこ、あまり眠れないから」

「看病《かんびょう》で疲れてるんじゃない？」

「かもね」

「だめだよ。ムリしちゃ。翼くんまで、病気になったらどうするの？」

「ヘーキだって」

「体力を過信しちゃだめ。少しは休んだら？」

「だめだめ。サッカーしてるときだけは、いろんなこと忘れられるんだから」

「いろんなこと……？」

「母親が病気になったのは、オレのせいなんだとか」

「そんなことないよっ」

「ううん。父親から聞いたんだ。オレが、イギリスに行ってから、母親が、毎日、泣いてたって」

「………」

「オレの前では絶対、涙なんか見せたりしない、気の強い人なのに」

　翼くんの瞳《ひとみ》がうるんでる。

「病気になったのは、オレのせいだ」

「翼くん……」

「教師を殴《なぐ》って、警察ざたになって、高校休学なんて……ほんと親不幸した」

「お母さんの病気は、翼くんのせいじゃないよ！」

　あたしは、翼くんの肩をぎゅっと抱きしめる。

「そんなに自分を責めないで！」

「果保」

「翼くんは悪くないっ」

「…………」

「絶対だよ。ほんとだよ！」

「果保。どうして？」

　翼くんが、あたしの肩をぎゅっと抱きしめる。

「どうして、あんなに傷つけたのに許してくれるんだ？」

　翼くんの瞳がうるんでる。

「どうして、優しくしてくれるんだよ」

「だって、あたしたち、別れたって、友達でしょ!!」

「果保……」

「あたしは、翼くんのこと、親友だって思ってるから。離れてても、いちばんの友達だって思ってた。一生会えなくても、友達でいさせてって思ってた!」

そう叫《さけ》びながら。

あたしも、わあっと泣きだしていた――。

翼くんのお母さんは典型的な教育ママだった。

そして、優等生で可愛《かわい》い翼くんは、自慢《じまん》のひとり息子だった。

翼くんが、高校を休学して。

イギリスにサッカー留学してしまったこと。

お母さんは、ほんとうにショックだったと思う。

あたしも寂《さび》しかったから。

それは、すごくよくわかる。

でも、翼くんは、お母さんを悲しませようとして行ったわけじゃない。

イギリスに行って、ひとり暮《ぐ》らしすることで、親を乗り越えて、もっと成長しようとしていた。

大人になろうとしていた。

お母さんのためにも、早く一人前の男になろうとしていた。

だから、翼くんが、自分を責めることなんかない。


肩を落としながら、家に帰る。

耳の奥で、翼くんの悲鳴のような声がする。

翼くん……泣いてた。

こんなとき。

あたし、どうしたらいい？

あたしには、なにができるの？

翼くんのお母さんが重い病気で……。

そして、翼くんは苦しんでる——。

家に帰りつき、玄関のドアを開ける。
あれ……。
見慣れた靴《くつ》が2足。
ひとつは、リヒトのスニーカー。
もうひとつは、真保《まほ》ちゃんのミュール。
ふたりとも来てるんだ?
リビングに飛び込もうとして、一瞬《いっしゅん》、ためらった。
あたし……。
今、リヒトに内緒《ないしょ》で、翼くんと会ってたんだ。
少しうしろめたくて躊躇《ちゅうちょ》していると。
リビングから、リヒトの声が聞こえてきた。
「ああ……オレ、めちゃくちゃ不安」
「あんたが、泣き言言うなんて、めずらしいね」
真保ちゃんが笑ってる。

「だって……こんなに早く翼が帰ってくるなんて……」

「なによ。あんなにいつも強気なくせに」

「弱い犬ほど、よく吠《ほ》えるんだよ。真保さん」

「え？　あんた、強い犬じゃなかったの？」

「違う。弱いから、いつも強がってないとだめなんだ。でも、ほんとに強いヤツは翼みたいにおとなしいんだ」

「そりゃあ、そうかもね」

「そんな。真保さあん」

「ええいっ。うっとうしいっ。そんな、うじうじしてると、ほんとに、果保のこと、大石《おおいし》翼にかっさらわれるよ」

「え？　そう思う？」

「思うよ。だから、しっかりしなさいって！」

「わーん。真保さーん」

「抱きつくのは果保にしなさいよっ」

「それにしても、果保、どこ行っちゃったんだろ？　ケータイにも出ないし。まさか、翼に会ってるんじゃ……」

「たっだいまーっ」

あたし、そのタイミングで、元気な声をあげた。

「うわっ。果保」

リヒトが、びっくりしてる。

「いつから、そこに？」

「え、たった今」

「あ……そ……。それならいいけど」

ちょっとほっとした顔してる。

なんか、笑っちゃうな。

ほんとは、ぜーんぶ、聞いちゃったんだけどね。

「ケータイ、ずっと電話してたんだぞ。メール入れても返信してくれないし」

「ごめんね。三井病院にいたんだ」

「病院って、どこか具合でも悪……」

「ううん。翼くんと会ってた」

「え！」

リヒトが、顔色を変えた。

「な……なんでだよ？　なんで、翼と病院……」

「翼くん、お母さんが入院してるんだ」

「入院？」

「うん。そのお見舞いだよ」

「なんの病気なんだよ」

「かなり重い病気みたいだよ」

「重い？」

「うん……。癌《がん》だって」

「癌!?」

「えっ」

リヒトと真保ちゃんが、絶句した。

しいん。

緊迫《きんぱく》した空気。

「翼くん、だから、日本に帰ってきたんだよ」

「そんな」

「翼くん、だから恋愛どころじゃないの。安心してよ。リヒト」

リヒトが、うつむく。

「なんだよ。翼も、オレに、言やあいいのに」

「言えないよ。言えるわけないよ」

「え？」

「それくらい、病状が深刻だってことだよ」

あたしの言葉に、また、沈黙《ちんもく》が流れる。

「だから、このこと、サッカー部の連中には、内緒《ないしょ》だよ」

「わかった」

リヒトが神妙《しんみょう》な顔になる。

「あいつ、いろいろあって辛《つら》いときなのに。オレ、果保のこと駄目押《だめお》ししちまった」

「え？」

「悪いことした」

「リヒト」

リヒトが、がっくり肩を落とす。

あたしは、リヒトの肩を抱き寄せる。

「翼くんのこと、リヒトも力になってあげて。もちろん、真保ちゃんも」

「うん」

「もちろんよ」

真保ちゃんが、あたしの手を握《にぎ》る。

リヒトが、あたしの背中をぽんぽんっと叩《たた》く。

「果保。ごめん。なんか……オレ、おかしいんだ」

「え？」

「半年ぶりに見たら、なんか、やたら、翼が大人っぽく男っぽくなってて、正直、アセッてる……」

「リヒト」

「なんか情けないよな。翼、大変なのにな……」

強引《ごういん》。

生意気。

自信家。

手のかかる、年下の男の子。

でも、ときどき。

こんなに素直《すなお》で、無防備な自分を見せるから。
あたし、やっぱり、ホロリときちゃうよ。

リヒト。
あたし、リヒトが好きだよ。
リヒトの存在が、心の中で、どんどん大きくなってるよ。
でも、でもね。
翼くんのことも、気になるよ。
放っておくことなんか、できないよ――。
ごめん。
こんなあたしを、許して。
リヒト――。

フェイント

「翼《つばさ》の母さん、病院を移ったんだって?」

リヒトが聞いてくる。
若葉が濡《ぬ》れたように光ってる。
特別オーダーしたような、いいお天気。
春の甘い香り。
風が運んでくる。
カレンダーは4月になって。
もうすぐ、リヒトは高校の入学式。
そして、あたしは、高校2年生になる。
今は、リヒトの愛犬、ソックスの散歩をしているところ。

ソックスは、興奮して、あたりを跳《は》ね回《まわ》ってる。

ゆらゆら。

柳がカーテンみたいに揺《ゆ》れてる。

突然《とつぜん》の翼くんの話題に、ふっとあたしの心に影が落ちる。

「うん。銀座《ぎんざ》のほうの大きな病院。治療《ちりょう》の設備が調《ととの》ってるんだって」

「よくなるといいよな」

「うん」

「オレ、春休み中に、新しい病院に一度お見舞いに行ってくるよ」

「じゃあ、あたしも一緒《いっしょ》に行く」

「だめ。オレ、ひとりで行く」

「え？」

「ちょっと男同士で話したいこともあるし」

「……ケンカしないでよ」

「バカ。病院でケンカするわけないだろ？」

「なら、いいけど」

「なんだよ。信用ねえなぁ。オレだって、フツーに常識くらいあるよ」

「そうだっけ？」

「そうだよっ！」

リヒトが、怒ったあと、ふっと真面目《まじめ》な顔になる。

「親なんて、普段は、うざったいけどさ。病気になったら、やっぱり心配だよな」

思いがけない言葉にハッとした。

「オレ、子供で、力がなくて。翼のために、してやれることがないのが辛《つら》いよ。サッカーの練習につきあうこと以外に、なにかできることないのかよ……」

リヒトが、くやしそうに唇《くちびる》をかんだ。

あたしは、リヒトの言葉に胸をつかれて、ハッとする。

これであんがい、優しいとこあるんだもん。

でも、ひとつ気になることがある。

「あの、リヒトと翼くんは……大丈夫《だいじょうぶ》なの？」

言葉を選びながら聞いてみた。

「ああ。変わんないよ。男の友情は。女のことぐらいで」

リヒトが笑いとばす。

「女のことぐらいか……。そんなもんなのかぁ」

ふうん。

こういう場合。

女の子同士だと、けっこう、気まずいよね。

でも、男の子って、不思議《ふしぎ》。


「もちろん、翼は、オレと果保《かほ》のこと気になると思うし、そう簡単に割り切れるものじゃないと思うよ」

リヒトが、めずらしくシリアスな口調になる。

「でも、オレたち、サッカーで繋《つな》がってるから。一緒《いっしょ》に戦った仲間だし。オレ、翼のことものすごく認めてるよ。マジで、あいつ、プロになれると思う。あいつのレベルって、オレたちとは、全然、違うんだ」

「オレたち? リヒトも天才じゃなかったの?」

「オレは素質はあるんだけど、練習嫌いだからさ」

リヒトがニヤリと笑う。

「じゃあ、高校で、サッカーやらないの?」

「やらない」

「え？　もったいない」

「体育会系の部活入ったら、練習練習で、すっげえハードじゃん。果保とデートもできなくなるだろ？」

「そんな理由!?」

「そっ。オレは果保とこうしてるほうがいい」


ぐいっ。

腕を引っ張られて、あたし、背中から、抱きかかえられる。

振り向くと、あたしの瞳《ひとみ》に、リヒトの顔が映《うつ》る。

ドキドキする。

だって、リヒトって、キレイな顔してるんだもん。

「果保は、サッカーやってる男のほうが好き？」

リヒトが聞いてくる。

「え？」

胸がどくんと高鳴った。

それって、翼くんのこと？

リヒトの目は正直だ。

寂《さび》しいのも、嬉《うれ》しいのも、怒ってるのも。

心の揺《ゆ》れが、全部、目の色に出る。

ポーカーフェイスで、取《と》り繕《つくろ》ったって。

あたしには、わかる。

リヒトが、あたしと翼くんのことを気にかけていること。

「…………」

「ごめん。オレ、なんで、こんなこと言ってんだろな」

リヒトが頭を抱《かか》える。

「悪い。この前、お見舞いに行ったら、翼、かなり落ち込んでるし、暗いんだもん。オレまいっちゃってさ」

「リヒト」

「果保をくどいたこと、少し罪悪感」

「え」

！

「それに、オレ、翼のことは、どうしても嫌いになれない。あんな、真面目《まじめ》で、正直で、不器用なヤツいないよ。オレみたいに調子いい男とは違う」

「…………」

「でも、だからって、オレ、簡単に、引き下がるつもりはないけどな」

「…………」

「わかったなっ」

「うん」

「明日も果保の家に寄るから。ソックスの散歩、一緒《いっしょ》に行こう」

「うん」

「あっ。果保。ほっぺた、なんかついてる」

「え？　どこ？」

「こっち」

あたしが、リヒトのほうに首をひねると。

すかさず、唇《くちびる》にキス。

　さすが、元サッカー部キャプテンだけのことはある。

　フェイントかけるのが得意……。

　そのとき、あたしのケータイが鳴った。

「あっ。果保～」

「すみれちゃん」

　出ると、すみれちゃんのソプラノの声。

　あいかわらず、すごいタイミング。

「元気？　春休み、なにしてるの？」

「今ね。リヒトと犬の散歩」

「わおーっ。お熱いねぇ」

　すみれちゃんが、ひやかす。

「で、果保。今度の日曜日ヒマ？」

「うん。ヒマだけど」

「実は、3年3組の同窓会やるんだって」

「へえ？」

「ケンちゃん主催《しゅさい》なんだ」

「ケンちゃんが？」

ケンちゃんっていうのは、中3のときの担任の先生。

「うん。なんか、大石《おおいし》翼、帰ってきてるんだって？」

「うん」

「その帰国祝いをやってあげるんだって」

「へえ……」

「果保、来るよね？　もう、ふっきれてるよね？」

「大丈夫《だいじょうぶ》だよ。心配しないでよ」

あたし、笑う。

「じゃ、日曜日に」

そして――。

その同窓会の日、事件は起こったんだ――。

同窓会

「今日は僕のおごりだ〜。みんな、がんがん、食べて飲んでくれ〜」

ケンちゃんが、わめく。

「やったー」

「よしっ。メニュー、頭から、全部行こうぜ」

「おいこら。待て待てっ。値段、安いのから選ぶようにっ」

「なんだよ。ケンちゃん。太っ腹なのか、セコイのかわかんねーな」

なつかしい顔が並んでる。

1年ぶりに会うコも多いよ。

みんな、ずいぶん大人っぽくなったなぁ。

柏原健二《かしわばらけんじ》先生主催《しゆさい》の、3年3組の同窓会。

場所は、中学校のそばの、お好み焼き屋さんだ。

「果保《かほ》〜っ。こっちこっちー」

すみれちゃんが、手を振ってる。

「おーっ。広岡《ひろおか》。元気か？」

すみれちゃんの隣《となり》には、小野《おの》くん。

あたしは、ふたりの前に座《すわ》る。

「小野くん、ひさしぶり」

「元気そうだな」

「うん」

「よかったぁ。果保。このテーブルに来てくれてー」

すみれちゃんが、泣きつく。

「やだっ。すみれちゃん、そんなにあたしに会いたかったの？」

「あー、違う違う」

「はっ？」

「あんた料理上手《じょうず》でしょ？　お好み焼き、焼いてよ」

「……そーいうこと……」

「さっきから、伊藤《いとう》、ずーっと失敗してんだよ」

「お願いねっ」

「はいはい」

あーあ。

すみれちゃん、あいかわらずだ。

あたしは、テキパキ、お好み焼きを焼いていく。

「おーっ」

パチパチ。

拍手《はくしゅ》が起こる。

「うまいもんだなー」

「料理だけはね」

あたし、笑う。

「あっ。翼《つばさ》がやっと来た。おーい。こっちこっち」

小野くんが、声をあげる。

ドキッ。

振り向くと、翼くんが手を振ってる。

「おうっ。小野」

「翼。イギリスにサッカー留学してんだって？　すげえよなぁ」

「だろ？」

翼くんが、あたしの横に座《すわ》る。

胸がドキッとする。

「これ、修学旅行のグループメンバーじゃない」

すみれちゃんが笑う。

「ほんと。なつかしいなぁ」

小野くんもうなずく。

「あんとき、伊藤が妊娠《にんしん》してるって大騒ぎになったよなぁ」

「そのウワサ流したのって小野なんでしょ！」

「ま……まさか。違うって」

あんこ巻き
焼き
んじゃ
そば
焼き

小野くん、たじたじ。

「な……なんだよ。伊藤、高校生になってから、こ……こえーなぁ」

ふふ、あたし、笑っちゃう。

すみれちゃん、ますますパワーアップしてるみたい。


中3の修学旅行は、京都《きょうと》・奈良《なら》。

あのとき、あたし。

縁結《えんむす》びの神社で、翼くんとずっと仲よしでいられますように。

って祈ったっけ——。

それから。

鴨川《かもがわ》のほとりで。

翼くんとキスしたね……。

思い出して、顔がかあっと熱くなる。

「果保。この前は、ありがとう」

翼くんが言う。

「え？」

「リヒトがおべんとう、届けてくれた。すごいうまかったよ」

「そう？　よかった」

「ちらしずし、すっごい手がかかってるんでびっくりしたよ」

キスのこと思い出しちゃって。

翼くんの顔がまともに見られないよ。

「おっ？　なんだよ。この前って」

小野くんが、ニヤニヤする。

「あいかわらず、おまえら、ラブラブだなーっ」

「……あ。ちょっと、行ってくるね」

小野くんに、なんて言おう……。

あたし、お手洗いに行こうと席を立つ。

すると、洗面所の前に、ケンちゃんが立っていた。

「果保」

「先生。おひさしぶりです」

「ああ、元気そうでよかった」

「今日は、ありがとうございます」

「いやいや。翼のこと、ちょっと励《はげ》ましてやろうと思って」

「え？」

「果保と翼。いろいろ大変だったみたいだな」

「ケンちゃん、知ってるんだ……」

「うん。お前の父親から、全部、聞いた。力になってやれなくてごめんな」

ケンちゃんは、うちのパパの高校時代の同級生なんだ。

「ううん。そんな」

「でも、翼とは仲直りしたんだ？　今、普通に話してて、ほっとしたよ」

「はい。大丈夫《だいじょうぶ》です」

「でも、翼もかわいそうだよなぁ……。あのお母さんが病気だろ？　オレも、この前、お見舞いに行ってきたんだ」

「そうだったんだ」

「病状……あんまりよくないみたいだな」

「そうなんですか？」

「うん。けっこう深刻な……」

「そうなんだ……」

「ほんとは、翼には、果保がついててくれればなぁ。でも、果保、リヒトとつきあってるんだし……そうもいかないな」

「……はい。でも、できる限りのことは、あたしとリヒトでするつもり」

「うん。頼むな」

「あの……先生」

「どうした？」

「あたし……なんだか、ちょっと恋愛が怖《こわ》い」

「え？」

「リヒトの気持ちが……重い」

「ああ、なるほどねぇ」

「それに怖いの。また、うまくいかなくなったらどうしようって」

「いいんだよ。失敗したって」

「え？」

「転んだら、そのたびに起き上がればいいよ」

「先生……」

「オレなんか、その繰《く》り返《かえ》しだもん」

「先生が？」

「うん。オレ、高校時代、果保のお母さんのこと好きだったけどさ、結局、大失恋したの知ってるよな？」

「知ってる」

「で、静《しずか》……ってうちの奥さんなんだけど、静のことは、最初、すっごい苦手《にがて》でさぁ。どっちかっていうと嫌いだったの。うるさくて、ずうずうしくて」

「そうだったんですか!?」

あたし、びっくり。

「でも、向こうから、すんごいアプローチされて、すっげえ迷惑してたの。でも、なんかあんまり思ってくれるんで、それが、だんだん、いじらしくなっちゃって」

「やるなぁ。ケンちゃん、モテるぅ」

「こら、からかうなよっ」

「それで、ケンちゃん、静さんのこと、好きになったんだ」

「なったんだよ。ほんと。つきあいだしたら、もっともっと好きになった」

「結局、ノロケかぁ……」

「違うっ。違うって！　オレは、果保を励《はげ》ましてやろーとして、恥《は》ずかしながら、自分の実体験を話してるっていうわけだ」

「うん」

「果保も、リヒトとつきあってくうちに、あいつのいいところが、いっぱいわかって、離れられなくなるかもよ？」

「そうかな」

「まだ、若いんだし、一緒《いっしょ》に成長していけばいいじゃん」

「うん。ありがとう。ケンちゃん」

「元気でたか？」

「うん。でも、あたしなんか、16歳にして、もう2度も大失恋してるんだから。ケンちゃんより、経験豊富かも」

「そうだ。そうだ。そのイキだっ」

　ケンちゃんが笑う。

「でも、先生にも、そんな高校時代があったんだね」

「そうだよ。今、えらそうにアドバイスしてる大人だって、みんな、果保と同じ年齢のときがあったんだよ。みんな、子供で、失恋も失敗も挫折《ざせつ》も経験してるんだ」

「そうなんだなぁ」

なんだか、少し、心が楽になった。

ありがとう。

ケンちゃん。


そのあと、同窓会は、楽しかった。

すごくすごく楽しかった。

まるで、中学生に戻《もど》ったみたいだった。

帰《かえ》り際《ぎわ》、

「果保。話があるんだけど」

翼くんが、あたしを誘って。

すみれちゃんと小野くんが、気をきかせて、ふたりっきりにしてくれた。

夕暮れの公園。

ふたり、肩を並べて、公園の中を通り抜けていく。

「話ってなに？」

「オレ、このまま、日本に残ることにした」

え？

「じゃあ、お母さんの具合……」

「うん。あまりよくなくて、入院が長引きそうなんだ」

「そうなの……」

「そんな顔するなよ。大丈夫《だいじょうぶ》。死んだりしない。今は、癌《がん》っていってもちゃんと治療《ちりょう》すれば治るって。手遅れってことはないんだ」

「うん」

「だから、湾岸《わんがん》高校に復学する。1年からやり直す」

「えーっ。じゃあ、リヒトと同級生になっちゃうの？」

「うん」

翼くんとリヒトが同級生！

「うわーっ。すごいね」

「笑っちゃうよな」

「サッカーはどうするの？」

「実は、リヒトが、いろいろ調べてくれてね」

「リヒトが？」

「Jリーグのユースチームに入れることになったんだ」

「えっ。ほんと？」

「ほんとだよ」

「すごーい。すごいっ。いつの間にっ!!」

「テスト受けに行ったら、一発合格」

「さすが、翼くん」

「果保。オレ、絶対にプロのサッカー選手になるよ」

「翼くんなら、なれるよ」

「いつか、初めての公式試合には、果保を招待するから」

「ほんと？」

「来てくれる？」


翼くんが、立ち止まって、あたしの瞳《ひとみ》を見つめた。

ざあっ。

風が吹いて桜が散る。

あたしのハートにも、桜吹雪《さくらふぶき》が舞《ま》う。

目には見えないけど。

とてもとても熱い気持ちが、はっきり伝わってくる。

胸が痺《しび》れる。

忘れようとしてた気持ちが、急に目の前で明るく輝《かがや》きだして。

あたし、まぶしくて、翼くんの顔が見られない——。


「ありがとう」

「うん。リヒトと一緒《いっしょ》に来てくれよ」

その言葉に、ふいに、現実に引《ひ》き戻《もど》される。

「リヒトとは、うまくいってる？」

「……うん」

「あいつ、ほんとに果保のこと好きなんだな」

「どうしてだろうね。どうして、あたしなんか……」

「あたしなんかって言うの、やめろってば」

翼くんが、ぴしゃりと断ち切った。

「果保はすごいよ。誰《だれ》にでも優しい。あったかい。誰よりも心がキレイ」

「やだ。なに、いきなり。テレるなぁ」

「ほんとだよ。ずっとずっとそう思ってた」

「え?」

「……オレ、イギリスに父親から電話がかかってきて、母親が倒れたって聞いたとき、すごく怖《こわ》かったんだ。イヤな予感で頭がいっぱいになった。もう二度と母親に会えなくなるんじゃないかって……」

翼くん、張《は》り詰《つ》めた顔してる。

触《ふ》れたら、壊《こわ》れそう。

「すごく後悔《こうかい》した。干渉《かんしょう》されるのがいやで無視してきたこと。二度と会えないかもしれないと思ったら、もっと、ちゃんと話せばよかったって。オレは、母さんのこと好きだよって、伝えたかった」

「だから、ずっとつきそってるんだね」

「うん。だから、オレ、二度と遅すぎたって後悔するのいやなんだ」

翼くんが、まっすぐ、こっちを見てる。

「だから、思ってることは、素直《すなお》に全部、伝えようって決めたんだ」

「翼くん……」

「中学時代、果保といて楽しかった」

「あたしだって！」

「オレ、果保のことほんとに好きだったよ」

「あ……あたしだって」

「今でも、果保がいちばん好きだよ」

！

鼓動《こどう》が速くなる。

声なんかでない。

今、なんて言ったの？

「果保が、リヒトとつきあってても……。オレ、やっぱり好きなんだ」

翼くんの言葉に胸が熱くなる。

「詩麻《しま》さんにひかれたのは本当だけど、でも、もう、迷いなんかない。オレは、誰《だれ》より果保がいちばん好きだよ」

「翼くん……」

「リヒトには悪いけど。でも、それだけ、キチンと伝えておきたかったんだ」

だったら——。
あのとき。
真保《まほ》ちゃんの結婚式のとき。
あたし、翼くんを、大人ぶって、いい人ぶって、見送らなければよかった。
あのとき、翼くんを泣いて、引き止めていたら。
あたしたち、こんなふうに離れ離れにならなかったの?
突然《とつぜん》、そんなこと言わないで。
言われたら、心が迷うよ。
悩《なや》みの泥《どろ》の中で、もがいてた翼くんは。
その中から、やっと自力で這《は》い出《だ》した。
大好きだった人。
一緒《いっしょ》に過ごしたなつかしい日々。
今、あたしが好きと言えば。
ふたりは、やり直せるの?
これが最後のチャンスなの?

どうするの？

果保――！

動きだした鼓動《こどう》。

苦しいぐらい。

胸が詰《つ》まって、うまく言葉になんかならない。

ずっとずっと好きだった。

どうしても、あきらめきれなかった。

それは、あたしのほう。

抱《かか》えていた思いが、一気に溢《あふ》れてくる。

あたしは、翼くんが好き。

もう、後悔《こうかい》なんかしたくない。


「あたしも……正直に言うね」

翼くんがいなくなって。

暗闇《くらやみ》に落ちていくみたいに不安だった。

「あたし、すごく辛《つら》かった。翼くんを憎《にく》んだ。恨《うら》んだ」

張《は》り詰《つ》めてた気持ちの防波堤が、いっぺんに壊《こわ》れて。

あとからあとから、気持ちが溢《あふ》れてくる。

「ほんとに苦しくって……死んじゃいそうだった」

「果保……」

「でも、どうしても、忘れられなかったのは、あたしのほう」

ぽろ……。

涙が溢れて、頬《ほお》にこぼれる。

「あたしも翼くんが好き！」

あたしは、祈るように、翼くんを見上げてる。

「果保！」

翼くんが、あたしをぎゅうっと抱きしめる。

やっと届いた、翼くんの胸。

このまま、あたしをどこかにさらって。

もう、ひとりにしないで——！

後悔《こうかい》

「果保《かほ》……」
翼《つばさ》くんが、ぎゅっとあたしを抱きしめる。
なつかしい胸。
街のざわめきが遠くなる。
翼くんの手が、あたしの頬《ほお》に触《ふ》れて、涙をぬぐう。
あたし、顔を上げる。
そのまんま、ふたり見つめ合って。
背中に回す手に、力が入る。
翼くんの顔が近づいてくる。
唇《くちびる》が触れそうになる。

その瞬間《しゅんかん》。

！

あたしの脳裏に、リヒトの笑顔が過《よぎ》って。

そして。

あたしは、ぱっと顔を横に振ってた。

「果保——？」

翼くんが、困惑した顔してる。

「果保……」

「やっぱり。……ごめん……翼くん」

寂《さび》しいとき。

悲しいとき。

いちばん辛《つら》かったとき。

うまくいかなかったとき。

死にそうだったとき。

あたしをたすけてくれたのは、リヒトだった。

そんなリヒトを……。

裏切れないよ。

フラれてズタズタだったあたし。

そんなあたしでもいいって言ってくれた。

その言葉が、あたしに勇気をくれた。

しおれた花は、水をもらって息を吹き返した。

そして、翼くんの帰りを待てなかったのは、あたし。


「果保……」

あたしは、口もきけないまま。

翼くんの顔を見つめていた。

「そうだよな。ごめん。……今さら、調子のいいこと言って」

「……………」

「なにを言ったって、許されることじゃない」

「翼くん」

「でも、ほんとの気持ちだけ、伝えたかったんだ」

きしきし。

ハートが痛む。

「ほんとにごめん」

「………」

「これからは、いい友達になりたい」

あたしは、うなずくしかできない。

「ごめんね……。あたしには、リヒトが」

「うん。わかってる」

「でも、翼くんには、ヒナタちゃんが……」

「え？」

「ヒナタちゃん、まだ、翼くんのこと好きだよ」

あたしは、しゃくりあげながら言う。

「ヒナタちゃん、いいこだよ。つきあったら？」

ばかみたい。

なに、あたし、言ってるんだろ？

でも、こうでもしないと。

自分が壊《こわ》れちゃいそうなんだ。

「あたし、ここで帰るね」

自分から翼くんの手をほどいて、背を向けた。

「果保」


翼くんの声がする。

ほんとうに、さよなら。

翼くん。

まだ、帰りたくない。

喉《のど》から出かかった言葉を呑《の》み込《こ》みながら。

でも――。

帰らなくちゃ。

あたしには、リヒトがいる。

さよなら。

翼くん。

大好きだったよ。
でも、もう、時計の針は戻《もど》せない。
あたしたちは、変わってしまった。
もう、去年のあたしたちじゃない。

足早に駆《か》けだす。
爪先《つまさき》が、小石を蹴《け》る。
ほんとは、好き。
まだ好き。
今でも好き――!
心の奥に、ずっとずっと閉じ込めてた思い。
言葉の代わりに液体になって。
瞳《ひとみ》から、あとからあとから、溢《あふ》れてくる。
そして、ぼろぼろこぼれ落ちる。
泣いちゃだめだよ。
果保。

自分で選んだんじゃない。
今、翼くんじゃなく、リヒトを。
けれど、涙は、勝手に溢《あふ》れて。
熱湯がたぎるみたいに感情が高ぶってくる。
あたしは、ばかだ。
ほんとうは、翼くんが好き。
ほんとは、今でも好き。
誰《だれ》よりも好きなんだ。
忘れられない――！
！
ほんとは、今。
キスしたかった。
ほんとは、去年。
翼くんを追いかけて、イギリスまで行きたかった。
ほんとは許してた。
浮気したって。

裏切られたって。
翼くんが、好きで大好きで。
会いたくてたまらなかった。
頬《ほお》を伝わって、唇《くちびる》を涙が濡《ぬ》らす。

一緒《いっしょ》に通った中学校への道。
悩《なや》みを相談しあった放課後の教室。
将来の夢を打ち明けあったサッカー部の部室。
笑って、泣いて、ケンカした3年間。

いろんな思いがこみ上げてきて。
胸が苦しい。
がまんできなくて。
あたし、その場にしゃがみこんだ。
心が痛いよ。
痛くて、痛くて、たまらないよ。

でも……でも……。
今。
あたしが望んでるのは。
リヒトのしあわせ。
あたしのしあわせじゃない。
今。
あたしの中で、なにかが終わっていく。
4月の風が運んでくる沈丁花《じんちょうげ》のにおい。

ガサッ。
闇《やみ》の底を横切る生き物。
はっとする。
猫?
と、思ったら……、
「ソックス!」
リヒトの飼ってるウェルシュ・コーギーだった。

「え？」

そのとき。

「見ちゃった」

リヒトの声が聞こえた。

ぎくり。

はっと顔を上げると、リヒトが立っていた。

喉《のど》がつかえて、言葉が出ない。

いつから、ここにいたの……？


リヒト、あたしをじっと見下ろしてる。

すごく、すごく悲しそうな瞳《ひとみ》。

ちっちゃい子供みたいに、弱々しく見えて。

あたしの胸が痛む。

ソックスが、

「ワン！」

吠《ほ》えて、リヒトの足元に駆《か》け寄《よ》る。

あたしは、ゆっくりと立ち上がる。

ふたりの視線はピンッと張った糸みたい。

それを断ち切るように、リヒトが唐突《とうとつ》に、言った。

「果保。オレたち、別れよう」

え――!

2番目の恋

「果保《かほ》。オレたち、別れよう」

リヒトがもう一度、そう言った。

今、なんて言ったの？

心が空洞《くうどう》になる。

頭が真っ白になる。

沈黙《ちんもく》。

長い長い沈黙。

「なに言ってるの……」

あたし、呆然《ぼうぜん》とする。

「なんでよ。どうして……」

「今、翼《つばさ》と抱き合ってたろ。オレ、見たんだ」

「え」

「なかなか帰ってこないから、ソックスと迎えに来たんだ」

「リヒト」

「同窓会だったんだろ？　翼も一緒《いっしょ》だって知ってたから心配で」

「………」

「そしたら、案の定、いやな予感が当たった」

リヒトの瞳《ひとみ》に涙が滲《にじ》んでる。

「もう別れよう」

「………」

「翼、このまま、日本にいるんだろ？　なら、果保は翼とつきあえばいい」

気持ちを見透《みす》かされてる。

「オレ、つきあうときに言ったろ？　オレのことは、お試し期間で、気にいらなかったら返品していいって」

「あ……あたしは別れないから」

「え？」

「あたしのこと、もっと信用してよっ」

「……果保？」

「あたし、翼くんに、まだ好きだって言われたよ」

「そうなんだろ？　だから」

「でも、断ったのっ！」

「なんでだよ⁉」

「リヒトのことが好きだからじゃないっ」

「同情だったら、やめろよ」

「同情なんかじゃない‼」

あたし、怒鳴《どな》った。

「リヒトのことが大切なのッ！」

言いながら。

あたしの瞳《ひとみ》から、また涙が溢《あふ》れてくる。

リヒトが、あたしの肩を抱き寄せる。

「マジかよ……」

「マジだよ！」

「果保……」

「なのに、そんなに怒るんだったら。あたし、翼くんとつきあう」

「え？」

「翼くんのこと、今から追いかける」

「待てよっ！」

リヒトが、あたしの腕をつかんで、引き止める。

「行くなよ！」

「だって」

「オレんとこにいろよ！」

ぐいっ。

リヒトが、あたしの腕を強く引っ張る。

耳元でリヒトの声がする。

「ごめん。オレ、ほんと、まだガキだ」

くぐもった声。

「リヒト」

「オレ、翼に、ずっと嫉妬《しっと》してた」

「………」

「いつも、口が悪くてごめん。ふざけてばっかりでごめん」

「リヒト」

「ケンカばっかりでごめん」

あたし、リヒトの胸でかぶりを振る。

「オレ、急いで大人になるよ」

「リヒト」

「信じらんない。果保が、翼じゃなく、オレを選ぶなんて」

「え？」

「九回裏逆転ホームラン……」

これで、よかったんだよね。

果保。

あたしの選択《せんたく》は、間違っていないよね？

ざあっ。

突然《とつぜん》、強い風が吹いて、桜が散る。

あたしのかなわない思いを花びらに乗せて。

どうか遠くへ吹き飛ばして――。

サクラサク

それから、1週間が過ぎ。

あたしは、高校2年生になった。


4月。

新学期の朝。


「果保《かほ》〜。学校行くぞー」

「今、行くー」

玄関から、リヒトの声が聞こえる。

ひさしぶりの制服。

スカートの丈《たけ》を気にしながら、

「おまたせ！」

玄関に出ると。

！

そこには、ふたりの男の子が立っていた。

「え……」

翼《つばさ》くんとリヒト――！


「3人で一緒《いっしょ》に行こう」

翼くんが、にこっと笑う。

これ、どういうこと？

あたし、ドキドキしながら、ローファーに足をつっこむ。

なに？

なにが起こってるの？

なんで、こんなことになってるの？

「あの……リヒト？」

あたしが、上目遣《うわめづか》いに聞くと。

「オレが翼を誘ったんだ。だって、これから、オレたち同級生じゃん」

そうだけど……。

「たまには、いいとこ見せようと思って」

リヒトが目配せする。

「オレたち3人は友達だろ？」

「うん」

なんだ、リヒト。

大人じゃない。

あたしが思ってるより。

リヒトは、ずっと大きくて優しい。

翼くんが、あたしの顔を見て微笑《ほほえ》む。

「果保。母親の治療、うまくいってるんだ」

「ほんと!?」

「うん。思ったより早く完治できるかもしれない」

「よかった……ね。よかったね。翼くん」

目頭《めがしら》が熱くなる。

「果保とリヒトのおかげだよ」

「そんな……」

「ありがとう」

翼くんの笑顔が眩《まぶ》しい。


不思議《ふしぎ》。

右に現在の彼氏。

左に元の彼氏。

そして、真ん中にあたし。

その男の子同士は親友で。

ふたりとも、湾岸《わんがん》高校の1年生。

昨夜《ゆうべ》の雨は、すっかり止《や》んでる。

雨上がり。

洗いたてみたいに、ぴかぴかの青空。
街じゅうの枯《か》れ木《き》が花をつけてる。
色彩が溢《あふ》れて。
まるで、いつか見た夢の風景みたい。
春風に桜が散る。
3人で一緒《いっしょ》に、桜のトンネルをくぐり抜ける。
なんて、きれいなんだろう。
なんて、嬉《うれ》しい春なんだろう。
心が弾《はず》む。

風の楽譜《がくふ》に、花びらの音譜が舞《ま》う。
新しい日々に旅立つ。
みんなへの祝福のメロディだね。
花びらのピンクの絨毯《じゅうたん》、踏《ふ》みしめて、
3人で肩を並べて、駅へと急ぐ。

なんだか。
胸がふいに熱くなる。
こうして3人でいるの。
夢みたい。
でも、そのことが嬉《うれ》しいの。
もう辛《つら》い冬は終わったんだね。
悲しみは、春の水色の空に全部、溶かしてしまったんだね。

ホームで、3人一緒《いっしょ》に電車を待つ。
まるで、中学時代に戻《もど》ったみたい。
こんな日が、また来るなんて思わなかった。

ホームにも桜が散る。
今は、日本がいちばんキレイな季節。
桜が咲く季節は、短いけど、最高の季節。

夢みたいなこんな季節だからこそ。
あたしたち、こうして、一緒《いっしょ》にいられるのかもしれない。

あたしは、今。
16歳という名前の駅にいる。
握《にぎ》りしめているのは、
大人行きの片道切符《きっぷ》。
汽車に乗り込んだら、もう戻《もど》れない。
引き返せない。
あたしは、これから、どうなるの？
あたしたちは、どうなるの？
でも、今は——。
明日のことを心配するのは、やめよう。
答えがでるのは、どうせ明日。
だから。
今、この瞬間《しゅんかん》を大切にしよう。

だって。
もう少しだけ。
こうしていたい気分だから。

この先。
小川があったら、ジャンプして飛び越えよう。
丘があったら、越えよう。
海があったら、泳いで渡《わた》ろう。
山があったら、登ろう。
進んだ先にしか、
向こう側にしか、
答えは、ないから。
決して、立ち止まらない。
あきらめたりしない。
電車がホームに滑《すべ》り込《こ》んでくる。

あたしたち、同じ電車に乗り込む。
窓の外、風景が流れていく。
生まれた街。
ホームで、さよならって手を振るのは、
15歳のあたし？

「あっ。虹《にじ》」

リヒトが声をあげる。

硝子窓《ガラスまど》の向こう。

雨上がりの空に七色の橋。

「わあっ」

「キレイ！」

3人で、窓に顔を押しつけ、空を見上げる。

七色の虹。

なんてキレイ。

ほんとにキレイだね。

恋のリボンは、ほどけてしまったけど。
あたしたちの心には、今、虹《にじ》の架《か》け橋《はし》がかかってる。
翼くん。
リヒト。
今日、今、ここから。
あたしたちの春が、
始まるんだね。
あたしたちの未来が、
大人への旅が、
始まるんだね――。

あとがき

今回も、読んでくださって、ありがとうございます。

小林深雪《こばやしみゆき》です。

この本が発売するのは、3月！

春ですね。

わたしは、3月生まれなので、季節では春がいちばん好き。

春の食べ物も大好き。

特にいちごとそら豆はいくらでも食べられる！

本文にも書いたけど、春って、日本がいちばん美しい季節じゃないかな。

沈丁花《じんちょうげ》の甘い香りがして、風がふわりとやわらかくなって、空が水色になって、フィナーレのように桜が満開になって、空が薔薇色《ばらいろ》に染まって、花吹雪《はなふぶき》が舞って……うっとり。

でも、桜を見るためには、わたしには、マスクとサングラスが必需品《ひつじゅひん》。

そう、ここ数年、ひどい花粉症に悩まされているので。

ううう。

大好きな春なのに、最近は、恐怖と隣りあわせだ！

今年も花見は地味にうちですることにします……（庭に桜の木があるので）。


ところで、お正月に、年賀状をくださったみなさま。

ほんとうにどうもありがとうございます！

みんなからのお手紙を読むのは、私の人生の楽しみのひとつです。

年賀状、暑中見舞い、クリスマスカード、バースデイカード、旅先からの絵ハガキ、海外からのエアメール。翻訳本《ほんやくぼん》が出ている台湾《たいわん》や韓国《かんこく》からの外国語のお手紙なども。

ほんとうに、いつもいつも楽しませてもらっています。

仕事を一段落させて（つまり、迫《せま》りくる締め切りがない状態で）、お茶をていねいにいれて、美味《おい》しいお菓子なども用意して、リビングのソファで、のーんびりとくつろぎながら、みんなからのお手紙を読む……。

あー、しあわせ。

極楽《ごくらく》極楽。

おもしろいお手紙で爆笑したり、辛《つら》い失恋話にホロリとしたり。

事実は小説よりも奇なり、ってホントだな。

ヤバイ、わたしの小説、負けてるよー。

なんて、思ったり。

これからは、バレンタインや卒業式などの報告が増える季節ですねぇ。

みんなからのお手紙が楽しみ。

しかし……！

ある日、この幸福な午後に、事件は起こった——！

前作の『⑮《フィフティーン》高校生白書《こうこうせいはくしょ》　果保《かほ》&《アンド》リヒト編《へん》』の感想のお手紙を楽しく読んでいたら、びっくりの指摘が……！

『深雪先生、だめじゃ～ん。まちがえちゃ。ヒナタちゃんは、リヒトよりひとつ下の学年だから、受験生じゃないよ～ん』

さあああ……。

そのとき、全身から血の気が引いたね……。

「ああああああ」

頭を抱えて、床に倒れるコバヤシ……。

ティーンズハートを書き始めて、もう12年めだっていうのにっ。

なにやってんだ。

なんというミス！

正直、かなり落ち込みました。

へこみました。メゲました。

ううう。

みなさん、ほんとうに、すみません。

平謝《ひらあやま》りです。土下座です。

「ヒナタちゃんは、しっかりしてるので（態度がでかいので？）、ついうっかり、リヒトと同級生だと勘違《かんちが》いしちゃいました。ほんとうにすみません」

と、わたしと果保から、謝罪させてください。

ヒナタちゃんは、今年の春に中学三年生になります。

ということで、訂正させていただきます。

みなさん、ほんとうにすみませんでした。

そして、指摘してくれたみんな、ありがとう（作者より鋭い……）。今後も、こんなボケのコバヤシを、よろしく鍛《きた》えてやってください。

というわけで！

話題変わって、ついに、前作『⑮高校生白書　果保&リヒト編』で、果保とリヒトがつきあい始めましたね。ところが、これについては、さまざまな意見のお手紙がきています。まず、ふたりのつきあい賛成！　のリヒト派の意見を紹介するね。


「やったね。リヒト、よかったね」

「大賛成。果保には、リヒトのほうが似合うよっ」

「リヒトって一途《いちず》でいいね～」

「年下ってありだよね。私もじつは、年下の彼氏がいます。年下って素直でいいよ」

「今まで有末《ありすえ》家はフラれてばかりだったけど、やっと恋が実ってよかった」

「最初はイヤだと思ったけど、リヒトってけっこういいヤツなんで、考えが変わった。今は応援しています」

「リヒトが辛《つら》い片思いを続けていくのが悲しいから……思いがかなってよかった」

「やっとリヒトの時代がきたーっ。リヒトファンなんで嬉《うれ》しいっ。だって、本気で果保のこと思っていて、そばにいてくれて強気で強引で、こういう男の子最高ですよー」

「翼《つばさ》くんのことは、もう大嫌いになりました。果保ちゃんをあんなに泣かせるなんて、許せんっ。だから、リヒトでいいと思います」

「果保が雨の中で涙を流しながら、リヒトに告白するシーン。すごく感動しました。果保、可愛《かわい》いです。だから、このカップルもありかなって思えてきました」

「リヒト。翼になんか負けるな。果保を絶対に手放すなっ」

「ヒナタちゃん、可愛《かわい》いとこあるじゃん。翼くんは、ヒナタちゃんとつきあえばいいのでは？」

「果保&リヒト編は、ほんとうに胸キュンでした。泣きました。私は果保の新しい恋を応援します。今の果保には、リヒトがピッタリ！　翼くんのことは早く忘れたほうがいいです。あんな、勝手な男」

「果保がうらやましい……。別の男の子とつきあってても、別れても、ずうーっと思い続けてくれるリヒトがいるんだもん」

「びっくりです。果保とリヒトがつきあうなんて。そんなことになるなんて、想像もしてなかった。でも、ふたり、お似合いです」

「絶対にこのふたりを結婚させてくださいねっ。それにしても、リヒトはいいっ。ますます男らしくなっちゃって……。ひとつだけ言わせてもらうと、リヒトの髪を早く伸ばしてください。久実《くみ》先生、お願いね～」

「ふたりがつきあうことになって、感動の嵐！　ずっと果保を思っていたリヒト。翼くんのことでずっと大変だった果保。これで安心しました」

「翼くんが帰ってきても、果保とくっつけないでください。リヒトを利用しただけの、サイテーの女に、果保になってほしくないので」

「翼は、もう過去の男。翼くん、ふたりのこと邪魔《じゃま》せんといてよ」

「果保ちゃんは、ちょっとぼーっとしてるとこがあるからリヒトみたいな気の強い人のほうがバッチリかも。真保《まほ》ちゃんもそう言ってましたよ。さすが！　姉はよくわかってる」

そして、反対の翼派の意見も。

「すっごくショック。ふたりはあんなに純愛だったのに。リヒトとつきあうなんて、イヤです」

「意外な展開に衝撃……。やっぱり、果保には翼くんじゃなきゃだめ！」

「翼くんは、詩麻《しま》さんっていう悪い女に振《ふ》り回《まわ》されただけ。これじゃ、翼くんがかわいそうすぎる！　翼くんが詩麻さんとつきあうのだけは絶対にイヤ。だから、果保とよりを戻《もど》してほしい。ヒナタちゃんもイヤ」

「どうして、リヒトとつきあっちゃうの？　果保ちゃん、ほんとは、まだ、翼くんのこと好きなくせに……。納得できない」

「翼くんが帰ってくるまで、果保には待っててあげてほしかった。だって、まだ、翼くんハガキなんか書いたりして果保のこと好きみたいだし。リヒトとつきあってるのを知ったら翼くんショックだろうなぁ……。ああ、今から胸が痛い」

「果保は絶対にあとで後悔すると思う。今は、リヒトに押し切られてるだけ」

「もったいない。⑬⑭シリーズの頃《ころ》の仲良しのふたりを読むと悲しくなってくる。果保と翼くんには絶対に復縁してほしい！」

「リヒトと果保は、翼の時と比べると友情って感じがするんだけどなぁ」

「あたしはリヒトは生意気だし、翼くんのほうが真面目《まじめ》で絶対に果保ちゃんに似合うと思うな」

「わたしは果保&翼カップルの大ファンです。あこがれです。そりゃあ、詩麻さんとキスしそうになった時はショックだったし、わたしも果保と一緒《いっしょ》に大泣きしちゃったけど。でも、『⑮翼編』を読んだら、翼くんがかわいそうすぎて……」

「イギリスから帰ってきたら、翼くん、きっとますますカッコよくなってるはず。そんな大人な翼くんと果保がつきあうのを見たいな」

「いちばん悪いのは、詩麻さんのモトカレの先生でしょ？　翼くんは、なんにも悪くないよ。だから、誤解をといて、翼くんと果保がちゃんとわかりあえる日がくるのを待っています」

「なんともセツナイですねぇ……。私は、まだ果保は翼のコト好きなんじゃないかと思うのですが……。リヒトはやっぱり姉弟《きょうだい》みたいなものじゃないかと。翼が帰ってきたら、本当の本音が出てくると思いますがね……。リヒトに、一言。『果保を襲《おそ》うなぁぁぁ』」

「いろいろあって、果保がかわいそう……。すごく心配。翼くんと仲直りしてほしいな」

そして、その他には、こんな過激な意見も！

「私の好みを言わせてもらえば……顔は翼くんで、性格はリヒト、っていうのが理想なんだよな。うーん。これでは、どっちかに選べないっ。だから、果保も三角関係のまま、両手に花♡　でフタマタかけちゃえばいいのでは？」

「いっそのこと、リヒトと翼、両方と別れて、果保は別の新しい彼氏をつくるという新展開はどうでしょうか？　同級生と年下の彼、その次は、年上というのもアリでしょ？」

「わたしはリヒトが大好き。でも、果保には最終的には翼くんとくっついてほしい。で、リヒトはわたしとつきあう！　おいおい……」

「すみれちゃんとユースケくんが別れて、果保とユースケくんがつきあうというのは、だめでしょうか……？　ユースケファンです」

「果保は、翼、リヒトとは別れて、海人《かいと》さんとつきあう！　っていうショーゲキの展開はどうかな。わたしは、海人ファンなので。もちろん、美保《みほ》ちゃんには、別の彼氏を見つけてあげてください」

えっ。

果保と海人!?

がーん。

それは、考えたことなかったな。

あっ。リヒトの髪は短いほうが好きって意見の人もいましたね。

ほんと、いろいろ、難しい。

じつは、今後の展開については、まだまったく白紙なの。

でも、タイトルが『恋愛革命《れんあいかくめい》』だからね。

これからも、驚くようなことが起こると思います。

みんなの意見も取り入れていきますので、異論、反論、待ってますってことで、わたしが、感心した、大人な意見を最後に紹介するね。

「前の二冊で、かなり私は、翼くんに腹を立てていました。でも、果保ちゃん、リヒトとつきあうことになって、大丈夫《だいじょうぶ》なのでしょうか？　リヒトが大切な存在であることには気付いたけど、それは、友達以上であって、恋人への気持ちなのかな、本当に。まだ翼くんのこと引きずっていて、それは時間が解決してくれるの？　リヒトは勘《かん》がいいから果保ちゃんの悩む気持ちにすぐに気がつくと思う。そして、受け止めると思う。でも、リヒトだって、辛《つら》いはず。私は果保ちゃんを責めたいわけでもなんでもない。私は果保ちゃんが本当に好きなひとと一緒《いっしょ》になってほしい。相手はどっちでもいい。ほんとうの気持ちに、気がついてほしい」

以上のコメントは、すべてファンレターから引用させてもらいました。みんなどうもありがとう！

でも、ほんと、果保とリヒトじゃないけど、

「年下の男の子とつきあってます」

「後輩の男の子が好き」

って、お手紙が最近、ほんとに増えてるんだよね。

10年前は、圧倒的に「年上」や「先輩《せんぱい》」が好きって手紙が多かったんだよ。

それに、最近は、男の子のほうも、「年上」とつきあいたいっていう子、多いよね。

年上の女の子とつきあうのって、けっこうステイタスみたいだし、友達にも自慢できるらしいよ。

だから、年上のあなたも、年下だってひるむことなく、ガンガン、話しかけちゃいましょう。みんなの恋が、うまくいくといいね。


では、そろそろ、このへんで、恒例《こうれい》のご挨拶《あいさつ》いきます。

担当の渡辺順子《わたなべじゅんこ》さん。どうもありがとうございました。

今回、いろいろなトラブルによく耐《た》えてくださいました。

本当に申し訳なく思っております。とほほ……。

イラストの牧村久実《まきむらくみ》先生。いつもお世話になっております。

美味《おい》しい飲茶《ヤムチャ》。また、食べに行こうね。

そして、最後に告知です。

じゃーん。

ついに、わたしと久実ちゃんでコンビを組んだ初の漫画の単行本が出ます。

KCデザート『夢みることはやめられない〜フリーライターAYU《アユ》〜』(漫画/牧村久実先生&原作/小林深雪) 3月13日発売です。

ふたりの書き下ろしのオマケページありです。

ぜひぜひ! 読んでね。

まわりの友達にも、宣伝よろしく〜。

そして、次のティーンズハートは、5月2日発売!

『⑯《シックスティーン》 恋愛革命 SUMMER』

が登場します。

果保とリヒトと翼。

三人の恋と友情は、どうなっていくのか、楽しみにしていてね。

では、最後に、もう一度、あなたにありがとう。

みんなの春が楽しいものになりますように!

じゃあ、また5月のはじめに、本屋さんで会おうね。

2002年2月　小林深雪

小林深雪先生の『⑯《シックスティーン》恋愛革命　SPRING』、いかがでしたか?
小林深雪先生、イラストの牧村久実先生への、みなさんのお便りをお待ちしています。

♡小林深雪先生へのファンレターのあて先♡
〒112-8001　東京都文京区音羽2-12-21　講談社　X文庫「小林深雪先生」係

♡牧村久実先生へのファンレターのあて先♡
〒112-8001　東京都文京区音羽2-12-21　講談社　X文庫「牧村久実先生」係

ガールフレンドになりたい!
I-WANNA BE A GIRLFRIEND

Vol.69 本気で好きになれない！ の巻

「いいな」と思う男の子はけっこういるけど、「本気」になったことがない。本気の恋ってどういうことだろう。

本気で好きだと思えないでつきあってる。こんな自分はおかしい？

翼《つばさ》くんに失恋して、ボロボロになっちゃった果保《かほ》ちゃん。果保にはかわいそうだけど、私は、果保がちょっとうらやましかったりもする。だって、私、「いいな」って思う男の子はけっこういるし、つきあったこともあるんだけど、どうしても、果保みたいに、心の底から本気で誰《だれ》かを好きだって思えたことがないんです。みょうに冷《さ》めてるっていうか。すぐに相手の欠点も目につくし。こんな自分って、人間として、どこか欠陥《けっかん》があるんじゃないかって不安。（大阪府・AIKO）

一生のうち一人は本気で好きって思える人に出会えるから心配しなくてオッケー。

まだ若いんだから、今からそんなこと心配しなくてだいじょうぶ。十代のうちに本気の恋ができなくたってそんなの普通だし。もちろん、感情に欠陥《けっかん》なんかないので、ご心配なく。そして、長い人生のうちに、絶対にひとりは、「好きで好きでたまらない」って人に出会えます！　と、私が断言しておきますので、その出会いをあせらず楽しみに待ってみてね。どうして？　と聞かれると困るんだけど、でも、私はそう確信しているし、私の周りを見てもみんなそうだし。ただし、その時期についてはなんともいえない。それは、10年、20年先かもしれないし、80歳のおばあちゃんになってからかもしれない。実は、私の知りあいでも、バリバリのキャリアウーマンで50歳まで独身って女の人がいたんだけど、なんとバカンスで海外旅行した先でカナダ人男性と恋に落ちて、カナダにお嫁に行っちゃったって人もいるんだよ(実話！)。ほんと人生って、なにが起こるかわからない！　そう思うとなんだか楽しくなってこない？

小林深雪先生が、あなたの悩みにお答えします！　お便りたくさん待ってます。なお、お便りが採用された人には、深雪先生が選んだ、ささやかなプレゼントをお送りいたします。

〒112-8001　東京都文京区音羽2-12-21

講談社　X文庫「小林深雪のガールフレンドになりたい！」係

こんにちは！牧村久実です。今年もたくさん♡年賀状をありがとうございました!! お正月は数年ぶりにゆっくりと過ごすことができました。地元の浅草寺に初詣に行ったんですけど、ひいた、おみくじは"凶"…… 何だか、ちょっとブルーな気持ちになりました。大吉よりも凶を出す確率が高い私。これもくじ運がいいと言えるんでしょうか。

前回、小籠包にハマってる…と書いた後。担当さんと深雪先生にお台場の台場小香港に連れていって♡いただけました♡ありがとうございます!(↑その後、個人でも2度ほど行きました、笑) 勢い余って、横浜中華街にも友人と繰り出す始末。寒い中、あつあつの中華まんやギョウザドッグも美味だったけれど、初めて食べたイーフー麺が、コシがあって、めちゃくちゃおいしかったです。…日増しにアジア熱が高まっています(苦笑) 昨年はどこへも出掛けられなかったので、今、とても旅をしたいです。

告知……は、前々から書いてましたけど、KCが出ます。深雪先生原作の「夢みることはやめられない」3月中旬に発売されますので、本屋さんで見かけたら、よろしくお願い致します。…どうやら、続編も描かせていただける？みたいなので♪詳しいことが決まり次第、またご報告しますネ！

でわでわ!!

2002年2月記

3/10 深雪先生Happy Birthdayです!!

N.D.C. 913　208 p　15cm

小林深雪（こばやし・みゆき）

講談社X文庫

3月10日生まれ。うお座のA型。武蔵野美術大学空間演出デザイン学科卒業。小説家、漫画原作者として活躍中。

TEEN'S HEART

⑯《シツクスティーン》　恋愛革命《れんあいかくめい》　SPRING《スプリング》

小林深雪《こばやしみゆき》

●

2002年3月5日　第1刷発行

定価はカバーに表示してあります。

発行者——野間佐和子

発行所——株式会社　講談社

東京都文京区音羽2-12-21　〒112-8001

電話　編集部　03-5395-3507

販売部　03-5395-5817

業務部　03-5395-3615

本文印刷—図書印刷株式会社

製本———株式会社国宝社

カバー印刷—半七写真印刷工業株式会社

デザイン—山口　馨

ISBN4-06-259520-6　（X庫）

講談社X文庫ティーンズハート

小林深雪　感動の大河ロマン！

大好評発売中！

珊瑚物語③ 海の上のウエディング

礁《しょう》くんのお父さんの告白にショックを受け、石田家《いしだけ》を飛び出したさんごは、警察に補導されそうになってしまう。そんなさんごを助けてくれたのは、どこか孤独《こどく》な陰《かげ》のある、カッコいい不良少年——。

イラスト/牧村久実

珊瑚物語④ 夏の海で恋をしよう

さんごは、思い悩《なや》んだ末、礁くんと兄妹《きょうだい》として暮らすことを決意。でも、礁くんへの思いは断《た》ち切れないまま——。サーフィン大会での港《みなと》との再会。そして、陸《りく》からの突然のプロポーズに、さんごは!?

イラスト/牧村久実

珊瑚物語⑤ あなたを包む海になりたい

さんごのほんとうの両親とは？　さんごの出生《しゅっしょう》の秘密とは？　そして、さんごと礁くんの運命は、果《は》たして——？　ほんとうに、みんな、しあわせになれるの？『珊瑚《さんご》物語』全5巻、感動の完結編です！

イラスト/牧村久実

もし、本屋さんで見つからない場合は、
お店の人に注文してくださいね♡

第11回
ティーンズハート大賞
募集中!

ティーンズハートでは、作家をめざす才能ある新人を待っています
時代《いま》のセンスが光るストーリー性豊かなものであれば、
恋愛・ミステリー・エンタテインメントなどジャンルは問いません
ティーンズのハートをとらえて離さない、魅力あふれる作品を期待しています
大賞受賞作は、ティーンズハートの一冊として出版いたします

賞

◉大賞:賞状ならびに副賞100万円
および、応募原稿出版の際の印税

◉佳作:賞状ならびに副賞50万円

(賞金は税込みです)

選考委員

折原みと　風見　潤　小林深雪

〈アイウエオ順〉

第９回《大賞》受賞作品

「真昼の星」藍川晶子

※2002年１月にX文庫より刊行。

第９回《優秀賞》受賞作品

「永遠に続く暗闇のなかで…」
松岡やよい

※2001年11月にX文庫より刊行。

〈応募の方法〉

○資　格　プロ・アマを問いません。
○内　容　ティーンズハートの読者を対象とした作品で、未発表の原稿に限ります。
○枚　数　400字詰め原稿用紙で180枚以上、240枚以内。たて書きのこと。ワープロ原稿は、A4判ワープロ用紙に40字×40行、70～90枚。
○締め切り　2003年2月28日（当日消印有効）
○発　表　2003年9月5日発売のX文庫ティーンズハート全冊ほか。
○あて先　〒112-8001　東京都文京区音羽2-12-21　講談社X文庫出版部ティーンズハート大賞係

○なお、本文とは別に、原稿の1枚めにタイトル、住所、氏名、ペンネーム、年齢、職業（在校名、筆歴など）、電話番号を明記し、2枚め以降に400字詰め原稿用紙で3枚以内のあらすじをつけてください。
　原稿は、かならず、通しのナンバーを入れ、右上をとじるようお願いいたします。
　また、2作以上応募する場合は、1作ずつ別の封筒に入れてお送りください。
○応募作品は、返却いたしませんので、必要なかたは、コピーをとってからご応募願います。また、選考についての問い合わせには、応じられません。
○入選作の出版権、映像化権その他いっさいの著作権は、本社が優先権を持ちます。

TEEN'S HEART

INFORMATION

ティーンズハート インフォメーション

5月の登場予定

秋野ひとみ	緑の風のなかでつかまえて
折原みと	空色の氷晶王《セレスティア》　アナトウール星伝⑮
風見　潤	京都探偵局シリーズ
小林深雪	⑯《シックスティーン》　恋愛革命　SUMMER

★発売は2002年5月2日(木)頃の予定です。
楽しみに待っていてね!

※ティーンズハートの発売月は、1・3・5・7・9・11月の5日頃です。
なお、登場予定の作家、書名は変更になる場合があります。

3月の新刊

秋野ひとみ	お月さまのバルコニーでつかまえて
風見　潤	吸血の塔幽霊事件　京都探偵局
小林深雪	⑯《シックスティーン》　恋愛革命　SPRING
松岡やよい	いってきます!